COSACNAIFY

ERICH **AUERBACH**

A NOVELA NO INÍCIO DO RENASCIMENTO

Itália e França

Tradução TERCIO REDONDO
Prefácio FRITZ SCHALK
Revisão técnica e posfácio LEOPOLDO WAIZBORT
Traduções do latim JOÃO ANGELO OLIVA NETO
Traduções do francês IVONE BENEDETTI
Traduções do italiano MAURÍCIO SANTANA DIAS

PREFÁCIO FRITZ SCHALK 7

INTRODUÇÃO 17
1 MOLDURA 21
2 PROTAGONISTAS 41
3 COMPOSIÇÃO 65
CONSIDERAÇÕES FINAIS 101

POSFÁCIO LEOPOLDO WAIZBORT 105

LISTA DE AUTORES, OBRAS E TERMOS ESPECÍFICOS 144
ÍNDICE DE NOMES 151
ÍNDICE DE OBRAS 156

PREFÁCIO À EDIÇÃO DE 1971

FRITZ SCHALK

Quase meio século se passou desde o surgimento deste livro de Erich Auerbach. Na época de seu lançamento a obra não despertou maior interesse, e Curt Sigmar Gutkind foi dos poucos que se dignaram a aprovar ou discordar do "jovem erudito" que ostentava "um preparo analítico particularmente sagaz".[1] Seja como for, graças à "observação crítico-formal", Auerbach abandonou definitivamente a interpretação baseada na história dos motivos, método que era usual nos estudos germanófonos em torno da novela. Redigido de maneira clara, o estudo analisa na primeira parte a moldura das obras novelescas abordadas, na segunda, as figuras que nelas despontam e atuam e, na terceira, as técnicas de composição. Ele se apoia num conceito de gênero bastante preciso, influenciado provavelmente por debates que círculos germanistas promoviam então acerca da novela.[2] Em sintonia com essa discussão Auerbach não identificou, como o fez Schmid, a origem da novelística ocidental nas formas narrativas orientais e medievais, pois estas, em seu caráter exemplar, careciam da intenção construtiva e estética da novela. De modo contrário aos estudos mais recentes,[3] não interessava ao autor promover uma separação cronológica nítida entre o conceito de "novela no início do Renascimento" e na Idade Média; mais do que isso, ele percebia o surgimento de uma estética novelística relacionada de

1 Cf. *Literaturblatt für Germanische und Romanische Philologie*, n.47, 1926, col. 244.

2 Cf. Walter Pabst, "Die Theorie der Novelle in Deutschland" [A teoria da novela na Alemanha]. *Romanisches Jahrbuch*, n.2, 1949, pp.109 ss.

3 Cf. especialmente Hans-Jörg Neuschäfer, *Boccaccio und der Beginn der Novelle* [Boccaccio e o começo da novela]. Munique: W. Fink, 1969.

um modo mais geral à ideia de o homem "se tornar cônscio da própria pessoa, perceber-se numa existência terrena a ser apreendida e dominada". Na Itália, desde o *Duecento*, a constelação social e os costumes foram fundamentais na constituição desses pressupostos. Mas Auerbach percebia-os igualmente na França, onde encontraram sua base decisiva na consciência nacional que se moldara durante o século XIV e fora sustentada pelas camadas burguesas. Assim, Auerbach chegou à tese original de uma novela francesa do início do Renascimento, a qual, em contraste com o *Decameron* e a novelística italiana, ele caracterizou por meio de uma "moldura doméstica", de um rebaixamento da posição social da mulher e do "persistente fluxo da representação". O ponto de partida escolhido para se chegar a uma tipologia da "novela do início do Renascimento" – a comparação de Boccaccio com os epígonos italianos e as *Quinze joyes de mariage* – já era essencialmente sociológico. Dilthey corroborou a importância dessa interação entre mestre e discípulo, entre homem de Estado e sociedade, mas ponderou que o talento artístico iria "sobressair e ensejar a criação mesmo se o artista vivesse sozinho numa ilha isolada".[4] Ao mesmo tempo o fundamento sociológico está inteiramente vinculado à formulação da questão estilística e estrutural, de modo que o livro é coerente com os pronunciamentos posteriores de Auerbach. "Uma vez que me interesso frequentemente pela origem do escritor e pela situação de seu público", nota ele no prefácio ao livro *Vier Untersuchungen zur Geschichte der französischen Bildung* [Quatro

4 Cf. Wilhelm Dilthey, *Gesammelte Schriften* [Escritos reunidos]. Leipzig / Berlim: G. B. Teubner, 1934, v. IX, p. 199.

investigações sobre a história da formação francesa], "ocorre por vezes de eu ser arrolado entre os representantes dos estudos literários de viés sociológico, mas pertenço igualmente à tradição crítico-estilística e histórico-espiritual [*geistesgeschichtlich*]".[5] A essa altura Auerbach ainda não vislumbrara em sua forma acabada o método que viria a adotar em seguida e que se apresentaria pela primeira vez em *La Cour et la ville*, de 1930, para ser então continuamente retomado, tendo projetado o nome do autor para além dos círculos romanistas. O estabelecimento definitivo do método implicou a superação do relativismo e do perspectivismo da *Ciência nova* (edição de 1924),[6] aquele historicismo que, ao contrário do Romantismo alemão, interessava-se mais pelo caráter geral do que pelo individual. "O método", ele arremata, "consiste em achar princípios e questões-chave em torno dos quais valha a pena se especializar por abrirem um caminho que conduz ao reconhecimento de conexões, de modo que a luz que estas irradiam ilumina, por assim dizer, uma paisagem histórica".[7] Nesse sentido, sobretudo em *Mimesis*, o processo escolhido de fundar toda a interpretação numa passagem selecionada do texto constituiu uma base profícua para o trabalho. "Um princípio quase ideal é a interpretação de passagens do texto. Se acatarmos o método interpretativo vicchiano da unidade das épocas, então cada texto deverá abrir a perspectiva que possibilita a síntese."[8] E, na antiga doutrina dos três níveis

5 Cf. E. Auerbach, *Vier Untersuchungen zur Geschichte der französischen Bildung* [Quatro investigações sobre a história da cultura francesa]. Berna: Francke, 1951, p. 9.
6 Cf. minha introdução a E. Auerbach, *Gesammelte Aufsätze zur romanischen Philologie* [Ensaios reunidos de filologia românica]. Berna / Munique: Francke, 1967.
7 Cf. E. Auerbach, *Literatursprache und Publikum in der lateinischen Spätantike und im Mittelalter* [Língua literária e público na Antiguidade latina tardia e na Idade Média]. Berna: Francke, 1958, p. 19.
8 Id., ibid., p. 20.

de estilo, Auerbach identificou aquele "problema-chave" que compreende a totalidade da história europeia, problema que o conduziu à compreensão sociológica do público e à diferenciação entre as representações figural e concreta da realidade, possibilitando-lhe subsumir a multiplicidade das investigações isoladas a um determinado aspecto, como ocorre em *Mimesis* e no fragmento concebido como complemento a esse livro, o *Literatursprache und Publikum in der lateinischen Spätantike und im Mittelalter* [Língua literária e público na Antiguidade latina tardia e na Idade Média]. Em todo caso o livro de estreia expressa a convicção de que a novela "deve ser realista na medida em que assume como algo dado o fundamento da realidade empírica; não deve sê-lo na medida em que pode conter a realidade como imagem formada, mas não como matéria bruta". Da mesma forma, em *Dante als Dichter der irdischen Welt* [Dante como poeta do mundo terreno], a questão do realismo fora ao menos esboçada, de modo que as interpretações sobre a obra de Boccaccio, presentes no primeiro plano da obra, puderam servir como estudo preparatório para um capítulo de *Mimesis* (capítulo IX).

A pesquisa mais recente em torno de Boccaccio confirma e precisa, em inúmeros aspectos particulares, aquela realidade e aquela mundanidade que Auerbach identificou nas novelas boccaccianas, particularmente na discussão sobre o problema da unidade interna do *Decameron*. Tanto em Boccaccio quanto em Petrarca a liberdade de construção enseja um novo elemento. As novelas isoladas unem-se no *Decameron* como as *rime sparse* no *Canzoniere*, mas a arquitetura representa aqui algo que chega como acréscimo posterior, e a ideia de sua conexão interna não é simultânea ao surgimento dos poemas e novelas. Na composição a tradição medieval é seguida de modo apenas aparente e superficial, enquanto, na verdade, se abre caminho para o subjetivismo ancorado no desenvolvimento moderno, a favor da nova unidade de literatura e poesia. Russo já considerava literária a estrutura do *Decameron*.[9] Nesse mundo religião e dogma recuam a um segundo plano. As variantes da *virtù* humanística tornam-se um valor entre os demais ou até mesmo logram constituir o principal valor da vida. Com isso a velha unidade se dissolve no diálogo artístico (e não mais doutrinário), sobressaindo o "homem prudente, sábio, inteligente" como ponto central a partir do qual se deveria formar o novo mundo, a "epopeia do cômico boccacciano". Os homens julgam a partir de sua "iluminada, sábia experiência" - trata-se de novelas argutas, espirituosas, engraçadas (*argute, ingegnose*), nas quais, longe de toda tendência moralista-apologética, se prefigura a imagem ideal da soberana "virtude do engenho". Na habilidade da argumentação, na objetividade do tratamento, no acurado sentido das palavras anuncia-se o ideal de vida do humanismo que arrastou consigo diversas gerações.

Esses critérios, contudo, representam hoje, especialmente para a crítica boccacciana na Itália, apenas um as-

9 Cf. Luigi Russo, *Giovanni Boccaccio. Il Decameron. Venticinque novelle scelte e ventisette postille critiche*. Florença: Sansoni, 1939, p.289.

pecto do *Decameron*. Vittore Branca fez um reparo decisivo no ensaio *Boccaccio medievale*:

> É justamente naquela continuidade superior e ideal entre a cultura da última Idade Média e a do Humanismo que a experiência literária de Boccaccio (no conjunto, tipicamente medieval) se revela em todo seu valor de pressentimento da nova cultura, na força com que apresenta problemas que estarão no centro do primeiro Humanismo. Em parte permanece válida a representação carducciana de um Boccaccio venturoso transcritor dos grandes textos da Antiguidade... mas essa sua alta missão cívica não é senão a consequência da esplêndida maturidade do Medievo e obedece a uma íntima demanda de Boccaccio, desde seu juvenil e entusiástico encontro com Dante e a grande cultura do século XIII, nos cenáculos napolitanos e florentinos.[10]

No retorno aos *autores* medievais, na inserção da Fortuna, na assimilação da doutrina amorosa de Andreas Cappellanus torna-se evidente o apego à tradição.[11] Além disso, a pesquisa tende a identificar na questão do realismo uma evolução na criação literária de Boccaccio:

10 Cf. Vittore Branca, *Boccaccio medievale*. Florença: Sansoni, 1956, pp.5 ss.; cf., do mesmo autor, o estudo sobre o estado atual da pesquisa em torno de Boccaccio, *Linee di una Storia della Critica al* Decameron. Milão: Società Anonima Editrici Dante Alighieri, 1939; Guido di Pino, "Situazione del Boccaccio", in *Scritti su Giovanni Boccaccio* (*DCL Annivesario della nascita di Giovanni Boccaccio*). Florença: L. C. Olschki, 1964, pp.121 ss.; sobre a questão da novela em Boccaccio cf. Alberto Chiari, "La fortuna del Boccaccio", in *Questioni e correnti di storia letteraria*, 3 v. Milão: Marzorati, 1949, v. III; Walter Pabst, *Novellentheorie und Novellendichtung – Zur Geschichte ihrer Antinomie in den romanischen Literaturen* [Teoria da novela: Sobre a história de sua antinomia nas literaturas românicas]. Heidelberg: Carl Winter, 1967; H.-J. Neuschäfer, op. cit.

11 Cf. V. Branca, op. cit.

> O exercício de Boccaccio do *Filocolo* até o *Decameron* opera, substancialmente, a passagem da invenção de um plano fabuloso a outro, histórico: [...] As novelas [...] expressam motivos todos eles inerentes a uma sociedade efetiva. Mas nessa transposição inventiva da fábula para a história, ao associar a uma época verdadeira o gosto da observação introspectiva, ganha consistência um profundo compromisso político.[12]

Com isso fica demonstrado que o valor da pesquisa deste livro e do restante da obra de Auerbach é essencialmente histórico no que diz respeito à interpretação de Boccaccio.

"Sempre gosto", diz Sainte-Beuve em seus diários, "de julgar os escritores por sua força inicial e de desvencilhá-los daquilo que adquiriram."[13] Neste livro de estreia já se reconhece algo da singularidade do modo de escrever de Auerbach, algo daquela *force initiale*, que no livro sobre Dante se converte em diversas ideias estéticas e históricas. Por isso a obra passou para a história da filologia românica. Ela se move nas zonas limítrofes da literatura e da sociologia, empenhando-se por ampliar cada uma a partir do influxo da outra. Nela se expressa a situação da filologia dos anos 1920. Se não está no mesmo nível dos trabalhos posteriores, aponta a direção que Auerbach e a pesquisa restante iriam tomar em seguida.

12 Cf. G. di Pino, op. cit., p.133.

13 Cf. Charles Augustin Sainte-Beuve, *Mes Poisons. Cahiers intimes inédits*. Victor Giraud (org.). Paris: Plon / Nourrit, 1926, p.129.

A NOVELA NO INÍCIO DO RENASCIMENTO

Itália e França

De cada obra de arte podemos dizer que é determinada essencialmente por três fatores: a época de sua origem, o lugar, a singularidade de seu criador. No caso da novela essa relação se estabelece de modo particularmente intenso, pois, enquanto na tragédia ou na grande épica é um povo inteiro que fala, ocupado com Deus e o destino - de maneira que, para além de tempo e espaço, as profundezas da alma sejam tocadas -, na novela o sujeito é sempre a sociedade, e o objeto é, por essa razão, a forma da mundanidade que denominamos cultura. Ela não se interessa pelo existente, pelo fundamento, pela essência, mas por aquilo que está em vigência. Sua condição prévia é, portanto, um círculo de pessoas que se fecha diante daquilo que lhe é exterior, assume uma determinada posição sobre a vida terrena e se interessa por conhecê-la e observá-la criticamente. Assim a novela está sempre inserida no tempo e no espaço; é um pedaço da história, mesmo sendo "uma história que não pertence em sentido estrito à história, e, já ao nascer, traz ao mundo a disposição para a ironia".[1]

A forma da novela resulta de sua natureza: ela precisa ser realista, na medida em que assume os fundamentos da realidade empírica como algo já dado; não o é, na medida em que pode conter a realidade apenas como imagem formada e não como material bruto. Assim, ela tem

1 Friedrich Schlegel, *Nachricht über die poetischen Werke des Johannes Boccaccio, Jugendschriften* [Notícia sobre as obras poéticas de Giovanni Boccaccio. Escritos da juventude]. Jakob Minor (org.). Vizna: Konegen, 1882, v. 2, p. 412.

de pressupor um *éthos*, e um tal que não possua base metafísica, mas se assente nas leis do convívio social.

Evidentemente, a novela europeia só pôde surgir com o fim da Idade Média. Narrativas curtas sempre houve, mas uma sociedade com normas vinculantes não existira até o começo do século XIV. A sociedade das cortes da Idade Média tardia, especialmente na Provença, não constitui uma sociedade no sentido moderno; ela é socialmente não uniforme, hierarquicamente organizada, e nela a norma social é mera ficção. As ideias em torno da *Minne*, por exemplo, não possuem nenhum sentido de obrigatoriedade para a existência sensível; não passam de uma terminologia do cortejo da mulher; são, no mais das vezes, uma reformulação de conceitos feudais e eclesiásticos.[2] Faltava à narrativa realista a liga interna; a realidade era descontínua e aparente. O evento era, para fins didáticos, extraído em estado bruto de seu solo concreto e despojado de toda realidade para se colocar então a serviço de uma ética abstrata (*exemplum*) - ou então permanecia entregue ao cantor de rua, que, sem pensar duas vezes, produzia um grosseiro efeito cômico para de algum modo fazer rir o povo que passava.[3]

Do ponto de vista da história dos assuntos o *exemplum*, o *fabliau*, o *lai* e o romance cortês podem oferecer muita coisa; mas a forma interna e externa da novela é uma

2 Cf. a esse respeito Eduard Wechßler, *Das Kulturproblem des Minnesanges* [O problema cultural das canções da *Minne*]. Halle: M. Niemeyer, 1909, passim, particularmente os capítulos VIII, IX e X.

3 Joseph Bédier (*Les Fabliaux*. Paris: Émille Bouillon, 1895) constata (cap. XI) "a ausência de qualquer pretensão literária entre nossos contadores, seu apagamento diante do assunto tratado". Ele cita ainda Anatole de Montaiglon; Gaston Raynaud. *Recueil général et complète des fabliaux des XIIIe et XIVe siècles imprimés ou inédits*, 6 v. Paris: Librairie des Bibliophiles, 1872-90, v. II, p. 82: "um *fabliau* não é digno de uma folha de pergaminho" (Henri d'Andeli).

criação nova e, para dizê-lo já, trata-se de uma criação original do Renascimento. Tornar-se cônscio da própria pessoa, ver-se numa existência terrena que deseja ser apreendida e dominada: essa é a aspiração decisiva do Renascimento. Dela originou-se a "sociedade culta"[4] e, simultaneamente, a novela. É preciso se libertar dos modos de observação próprios à história da arte que, assumindo pontos de vista específicos, irão datar o início do Renascimento com Masaccio e Brunelleschi. Na Itália, seus mentores são Frederico II e Ezzolino, os pisanos e Cimabue, Francisco de Assis[5] e o *dolce stil novo*. E é decerto raro na história que começo e fim se encontrem de maneira tão clara em uma pessoa, como sucede aqui com Dante.[6]

A novela é essencialmente um dos muitos efeitos de seu espírito. É dele que derivam a consideração apaixonada da vida terrena, a nova mentalidade aristocrática (não mais feudal, mas individualista) e, também, a sociedade, além da capacidade para a configuração formal de um evento. Em suma, ele é o exemplo destacado de um ser humano singular, imerso no mundo e levado à expressão.

4 Cf. Jakob Burckhardt, *Die Kultur der Renaissance* [A cultura do Renascimento]. 10ª ed., 2 v. Leipzig: E. A. Seemann, 1908, v. I, p. 186 [ed. bras.: *A cultura do Renascimento na Itália*, trad. Sergio Tellaroli. São Paulo: Companhia das Letras, 2009].

5 O fato de a devoção, assumindo riscos, ter tomado um novo rumo – algo que fora buscado também no norte, mas sem êxito – não é menos importante que o averroísmo de Cavalcanti. Os *Fioretti* são especialmente significativos para nosso campo de estudos.

6 Nele se observa ainda a lembrança (na Itália talvez o único caso) da existência feudal (*Paraíso*, 16, versos 127 e seguintes): "Cada um que o belo emblema levanta/ do preclaro barão, cuja alta empresa/ nas festas de Tomás se celebrava" [trad. de Cristiano Martins, Itatiaia, 1979].

A novela como narrativa com moldura veio do Oriente; na Idade Média a moldura tornou-se questão primordial, contendo as considerações filosóficas, a doutrina; a novela era suplemento ilustrativo, *exemplum*. Assim ocorre na *Disciplina clericalis*, no *Dolopáthos*, em Jacques de Vitry e Étienne de Bourbon. Amiúde as histórias encontram-se deslocadas em relação ao lugar onde se desenrolam, ou parecem ter sido trazidas de longe para provar algo muito simples; com frequência temos também a impressão de que uma doutrina foi criada especialmente para ensejar uma história. Tão logo a novela, livre de quaisquer constrangimentos, pôde ser narrada por si mesma, a velha moldura perdeu seu valor. Ela é removida e, como resquício, fica a introdução do autor, que anuncia sua intenção.

Essa intenção não é mais simplesmente didática. É certo que as pessoas devem se tornar mais sábias, mas essa sabedoria é de tipo muito terreno e destina-se tão-somente aos eleitos: "vós que haveis os corações gentis e nobres entre os demais" (*Cento novelle antiche*).[1] Também é certo que elas permanecem devotas, mas nosso senhor Jesus permitiu-lhes entreterem-se "para alegrar o Corpo, e socorrer, e sustentar". Assim, a narração da novela torna-se um jogo importante e refinado, em que se empenha grande esforço; por isso Don Juan Manuel gaba seu livro,

1 *Le Cento novelle antiche*, in *Bibliotheca romanica*. Estrasburgo: Heitz, 1909, v. 71-72, p. 27.

"composto das palavras mais adornadas que pude",[2] e até mesmo o Chevalier de La Tour-Landry escreve não apenas por causa da doutrina, mas também "para aprender a narrar [em forma de romance]".[3] Não são mais a devoção e a humildade que importam, mas a "honestidade" e a "cortesia"; as *Cento novelle antiche* são um livro que não se dirige ao mundo ou, pelo menos, à cristandade, mas aos eleitos, e com isso ganham significativamente em unidade, enquanto os livros de *exempla*, a despeito da moldura cuidadosamente preservada, aparentam um caráter muito mais acentuado de compilação. A unidade vem inteiramente de dentro, pela mentalidade, e esta aparece de modo unificado, por estar socialmente delimitada. Lembremo-nos de que o livro de histórias mais unitário dessa época, o *Fioretti* de São Francisco, não possui moldura alguma e deve sua unidade à individualização de um grupo de pessoas.[4]

Com efeito, a época da velha moldura terminara no século XIII e ela poderia, como se pensa, ter sido inteiramente abolida. Não o foi, mas sua tarefa mudara. Doravante a moldura não era mais o principal, o texto face ao qual as histórias pareciam paráfrases; ela tornou-se um pretexto para a narração de novelas, e ao mesmo tempo um meio artístico para intensificar o seu efeito. Na sociedade culta, a narração constituía um jogo elegante. Quão

2 Don Juan Manuel, *El libro de los enxiemplos del conde Lucanor et de Patronio*. Adolf Birch-Hirschfeld (org.). Leipzig: Seele & Co., 1900, p.4.

3 Geoffroy de La Tour-Landry. *Le Livre du chevalier de La Tour-Landry*. Anatole de Montaiglon (org.). Paris: P. Jannet, 1854, p.4.

4 Por meio de um exemplo podemos mostrar como essa unidade se torna efetiva e renova um assunto tão gasto. O tema do ladrão convertido e do monge ou eremita presunçoso surge frequentemente na Idade Média (por exemplo, Dominique Martin Méon, *Nouveau Recueil de fabliaux et de contes inédits des poètes français des XIIe, XIIIe, XIVe et XVe siècles*, 2 v. Paris: Chasseriau, 1872-90, v. II, p.202). Compare-e a ele o capítulo 25 dos *Fioretti*, no qual Francisco ordena ao irmão que procure os ladrões renegados até encontrá-los, levando-lhes pão e vinho.

mais excitante ele se tornava quando se conheciam os jogadores e seu meio! Essa nova moldura foi criada por Boccaccio. A obra de Dante havia estabelecido para sempre a expressão da própria alma como tarefa essencial do escritor; e então um caráter inteiramente poético-idílico, como Boccaccio, criou aquela forma de bucolismo social que teria um efeito tão fecundo em terras românicas. A ingenuidade sensível com que ele torna seu amor por Fiametta o ponto de partida de sua poesia juvenil seria impensável uns poucos decênios antes. Somente com ele, na bela dedicatória de *Filostrato*, torna-se verdade "que da abundância do coração fala a língua".[5] Ele partiu do bucólico, e assim suas aventuras amorosas tornaram-se uma verdade que se intensificou de modo fantástico. Se compreendemos o conceito de moldura de maneira mais ampla, como atmosfera de uma obra literária, percebemos que, já antes do *Decameron*, ele atingira seu ponto mais alto no *Ninfale fiesolano*.

Com relação à moldura novelesca como tal interessam apenas o *Filocolo* e o *Ameto*. O *Filocolo* apresenta (no quarto livro) a disputa amorosa na corte de Fiametta, ou seja, uma cena de caráter provençal que, no entanto, em virtude da paisagem e das relações pessoais das personagens, pagou o preço do habitual e solene pedantismo: algumas das *questioni* constituem verdadeiras novelas; a moldura do *Decameron* desenvolve-se a partir desse vínculo entre a *cort d'amours* e a narrativa novelesca.[6]

5 Cf. a introdução ao *Novellino*.

6 Cf. Marcus Landau, *Giovanni Boccaccio*. Stuttgart: J. C. Cotta, 1877, p. 49: "Mais do que lembrar o *Decameron*, esse capítulo é seu próprio embrião".

O *Ameto* já apresenta as ideias prediletas de Boccaccio, o enobrecimento por meio do amor; mas a sucessão cumulativa de narrativas sobre as ninfas, com sua profusão de descrições e aventuras assemelhadas, não é das mais atraentes. A moldura vale mais em virtude de algumas passagens graciosas isoladas do que em virtude do todo. É belo, por exemplo, o breve episódio em que Ameto, rude e inculto, é nomeado juiz pelas ninfas postas a rir.

Em ambos os escritos já se revela, mesmo que de maneira inábil, o princípio do *Decameron*: a narrativa novelesca na sociedade fechada.

Muito já se escreveu sobre a moldura do *Decameron* e a peste em Florença, cujo caráter renascentista é reconhecido por toda parte. Contudo, embora tenha sido sentido, aquilo que é realmente o essencial parece não ter sido ainda formulado de maneira suficientemente precisa. Hauvette[7] apresenta a seguinte explicação: "é [...] um prelúdio sombrio, cujos trágicos acordes e cuja orquestração sinistra realçam, por contraste, a graça e a malícia das canções irônicas e das melodias sentimentais [...]". Émile Gebhart, crítico muito compreensivo, contrasta em algumas páginas impressionantes[8] os laços e obrigações medievais, "a religião da morte", com a nova mentalidade, "uma consciência nova, voluptuosa e delicada". Ambos percebem que um efeito de contraste fora buscado, mas nos parece que formularam a questão de modo muito geral e impreciso. O que se passa? A peste grassa em Florença, as pessoas morrem às cente-

7 Cf. Henri Hauvette, *Boccacce*. Paris: A. Colin, 1914, p.213.

8 Cf. Émile Gebhart, *Conteurs florentins du Moyen-Âge*. Paris: Hachette, 1901, pp.78 ss.

nas, todas as instituições colapsam, os vínculos naturais se desfazem; Boccaccio enfatiza recorrentemente a anarquia, a confusão do desespero terrível e da vertigem ainda mais assustadora que assalta os sobreviventes: crime e volúpia desenfreados; eles perderam todo e qualquer ponto de apoio. Então um grupo de jovens, em grande parte moças, reúne-se pela manhã em Santa Maria Novella; todos de nascimento nobre e duramente atingidos em suas próprias famílias. Eles estabelecem, em conversação tranquila e distinta, providências sensatas; cumprem-nas como se fosse uma excursão empreendida a partir de uma casa em ordem, como se estivessem tão bem protegidos e abrigados como no próprio céu; e mantêm, na casa de campo abandonada, uma conversação elegante, levam a vida costumeira, têm o coração leve como as crianças que brincam, como se a cada instante a morte não ameaçasse e, pior ainda, o colapso de toda a ordem humana. O que os mantém juntos, que mágico poder lhes garante a calma interior? Eles não são concebidos como figuras particularmente fortes e além do mais são muitos. Ao contrário, uma certa mediania idade consentânea lhes é própria. A fé também não lhes provê forças, pois sua religiosidade é frágil. O que é então que cria um fenômeno moral tão extraordinário? O que faz com que pessoas delicadas, mimadas, fragilizadas mesmo, resistam incansavelmente ao destino mais terrível?

É a força da forma social, e nada mais. A educação nobre é a única barreira que resistiu; tudo o mais falhou:

a religião, o Estado, a família. A forma aristocrática, entretanto, é inabalável.[9] Esse é o verdadeiro contraste que importa para Boccaccio, e sobre ele se baseia o *éthos* do *Decameron*. Esse *éthos* é decerto um pouco esnobe, mas é acabado em si mesmo e de grande eficácia.

É a partir do conceito de forma social que melhor se compreende a moldura do *Decameron*. Percebe-se então claramente por que Boccaccio deixa a caracterização dos narradores e suas relações mútuas numa zona de penumbra. Se eles fossem bem definidos, não haveria moldura e a narrativa se bastaria a si mesma. Também é preciso que eles apareçam diante dos demais de maneira variada e misteriosa; a sociedade de pessoas jovens e elegantes vive do segredo e do vaivém; uma vontade única e decidida, uma paixão única e evidente destruiriam a estrutura. A paisagem, que aparece primeiramente como meio estilístico, subordina-se também à existência social; ela é amena e tratada sem qualquer desarmonia; submete-se com docilidade às exigências de pessoas cultivadas, que ocupam seus olhos de forma prazerosa e desejam revigorar seus corpos. Torna-se viva graças à variação e ao detalhamento; a Idade Média inteira conheceu apenas algumas imagens esquemáticas da paisagem – na verdade, apenas a primavera, com seus pássaros canoros.

O enorme enriquecimento origina-se aqui, como em toda parte, de Dante; ele criou não apenas um grande número de novas paisagens como logrou, na *Comédia*, incluir

9 Cf. Jakob Burckhardt, *Die Kultur der Renaissance* [A cultura do Renascimento]. 10.ª ed., 2 v. Leipzig: E. A. Seemann, 1908, v. 1, pp. 102 ss. [ed. bras.: *A cultura do Renascimento na Itália*, trad. Sergio Tellaroli. São Paulo: Companhia das Letras, 2009]: “a necessidade de formas mais elevadas de convívio era mais forte do que tudo”.

pessoas e espíritos em seu meio, circunstância que sustenta o efeito "mágico" de várias passagens, particularmente no Inferno. Boccaccio renuncia a toda essa riqueza; de tudo isso ele extrai apenas o conhecimento de que estado de espírito, acontecimento e paisagem precisam estar em concordância. Por isso limita-se a duas imagens: a cidade pestilenta e o idílio na casa de campo.

A liberdade e a amplitude dessa moldura é única, e imediatamente após Boccaccio a tradição social empobrece. Ele antecipou algo que se desenvolveu somente mais de um século depois. Em parte, seus sucessores imediatos não o seguiram na intenção, e nenhum deles seguiu-o na realização. Na melhor das hipóteses, traços de Boccaccio ainda podem ser encontrados em Giovanni da Firenze (*Il Pecorone*, iniciado em 1378).

Uma freira e o capelão de seu convento, que por amor a ela buscara esse posto, encontram-se diariamente no locutório e, depois da saudação, cada um narra uma novela. Depois um deles recita uma canção e então se separam. A tragédia sutilmente sugerida por esse pano de fundo não é desprovida de efeito e a postura dos dois ainda está sob o ideal do *cor gentile*. Mas como tudo isso é pobre se comparado a Boccaccio: apenas duas personagens são apresentadas, a paisagem é abolida, e tudo se repete de maneira esquemática por 25 dias.

Sacchetti (antes de 1400) renunciou completamente à moldura; em prefácio, do qual parte se perdeu, diz apenas o motivo que o leva a escrever: consolar seus compatriotas em tempos difíceis. Ele é um homem burguês e indolente; a alegria de Boccaccio lhe é tão estranha que sequer a percebe; ele pretende atuar apenas por meio das novelas singulares e não com a obra como um todo – e com isso o atrativo social é destruído.[10]

Uma personagem ainda mais importante é o político Sercambi,[11] de Lucca, cuja coleção de novelas pertence ainda ao fim do *Trecento*. Enquanto Sacchetti, de modo consequente, abandona a moldura, com a qual não sabe o que fazer, Sercambi assume o pedantismo de copiar Boccaccio a ponto de lhe tomar emprestada a moldura, e introduzir umas poucas alterações, que lhe pareciam certamente aprimoramentos. Elas revelam o quão profundamente ele deixou de compreender Boccaccio. Em sua obra também se trata de uma epidemia (a peste em Lucca, de 1374), que expulsa da cidade sua *brigata*. Mas a essa introdução se liga sério sermão penitencial: Deus envia um sinal de advertência aos homens maus, assim como ao faraó no Egito; apenas fazer o bem ajuda e não a coragem, a riqueza ou a posição social. Seu grupo percorre a Itália de uma ponta a outra; trata-se de um motivo feliz, que haveria ainda de ser muito imitado; nesse caso, contudo, ele foi empregado de modo completamente tosco para narrar as histórias que transcorriam em cada uma das cidades. As principais inovações em relação a Boccaccio são as seguintes: elege-se um rei com autori-

10 "Aquele mundo do *Decameron*, organizado com tanta magnificência, é aqui um material bruto, apenas desbastado." Francesco de Sanctis, *Storia della letteratura italiana*. Benedetto Croce (org.), 2 v. Bari: Laterza, 1912, v. 1, p. 333.

11 Giovanni Sercambi, *Novelle inedite*. Rodolfo Renier (org.). Turim: Loerscher, 1889.

dade ilimitada durante todo o tempo; com isso o domínio dos costumes (em sentido goethiano) não é suficientemente reconhecido. Sercambi não percebe o sentido da desordem no *Decameron*, em que a cada jornada há um rei diferente. Em consequência disso, seu rei logo dita preceitos morais estritos; dispõe, com solene presunção, sobre questões materiais, como o dinheiro para as viagens, a alimentação etc. Por fim, determina-se de uma vez por todas um narrador para as novelas, exatamente como havia ocorrido antes com o camarlengo[12] e os sacerdotes para rezar a missa. Assim, o jogo de alternâncias é destruído e as novelas dispõem-se duras, rígidas e desarticuladas umas ao lado das outras. Além disso, há ainda *intermezzi*: eles não integram a edição de Renier, mas há uma descrição no prefácio,[13] segundo a qual eles constituem ligações totalmente mecânicas.

Assim, a moldura social definha cada vez mais, e veremos mais adiante que somente por volta do fim do século XV surgem novamente na Itália livros de novela cujo emolduramento é digno de atenção.[14]

Nesse ínterim desenvolveu-se na França, nas últimas décadas do *Trecento*, uma forma moderna de emolduramento que era substancialmente distinta da italiana. Aqui não há uma transição repentina da Idade Média; as ordens feudais e a mentalidade medieval prosseguem até o século XV. Contudo, aquilo que na Itália surgiu de um só golpe, por meio de muitos motivos convergentes, ocorreu

12 Camarlengo ou camarlingo (ital.): pessoa responsável pelo dinheiro de uma comuna, de uma confraria, de um monastério. [N.T.]

13 G. Sercambi, op. cit., pp. LVII ss.

14 Por volta de 1400 surgem novamente na Itália obras devotas com narrativas interpoladas, no estilo dos *exempla*, como, por exemplo, o *Specchio della vera penitenza* [Espelho da verdadeira penitência], de Passavanti.

na França a partir de uma única força motriz, crescendo progressivamente. Na Itália, foi a transformação política (o declínio dos gibelinos), econômica (Pisa, Amalfi, Gênova, Veneza), poética (Dante), religiosa (Francisco de Assis), artística (Pisa e Florença). Na França, foi essencialmente uma única força que renovou os homens: a consciência nacional, cujos portadores foram os burgueses. Ela sozinha proporcionou, sob os primeiros Valois, o mesmo resultado obtido na Itália, ainda que de modo muito mais hesitante e de maneira distinta: a formação do indivíduo, a moderna consciência de si. Podemos acompanhar esse processo passo a passo.[15]

Dos livros didáticos dotados de exemplos originou-se o manual pedagógico, que não se destina ao público em geral nem a um *discipulus* em particular, mas sim àqueles que são especialmente caros ao mestre: os membros de sua família. Quase nada se altera, apenas se acrescenta a inclinação de uma pessoa por outra, um sentimento pessoal, e o *exemplum* torna-se novela. A tarefa do burguês francês foi bastante difícil, sua tradição tinha de ser criada; da tradição cortesã não havia nada que se pudesse aproveitar, pois estava petrificada na dialética, nos torneios, na superstição e na heráldica: ela era apenas uma forma vazia. O burguês começou decidido a partir de sua própria casa e dela criou a nação francesa.

A glória do pioneirismo cabe ao Chevalier de La Tour-Landry.[16] Na verdade, tudo permanece ainda no plano das

15 Cf. a consideração correspondente de Fierens-Gavaert para a história da arte, em *La Renaissance septentrionale et les premiers maîtres des Flandres*. Bruxelas: G. van Oest, 1905.

16 Cf. a citada edição de Montaiglon.

intenções: a moldura, com sua didaticidade trivial, permanece a questão principal; a relação com as filhas é esquemática e seu sistema de ensino, tímido e fixo, baseia-se na consideração do perigo representado por jovens rapazes e da facilidade com que moças inocentes tornam-se suas vítimas. A relação pessoal, contudo, se faz sentir; não lemos mais *Arabs castigavit filium suum* [O árabe castigou o filho], mas

> minhas queridas filhas, como sou muito velho e vi o mundo por mais tempo que vocês, quero mostrar-lhes uma parte do século, de acordo com meu conhecimento que não é grande; mas o grande amor que lhes dedico e o grande desejo que tenho de que voltem seus corações e seus pensamentos para o temor e o serviço de Deus...[17]

Vinte anos depois (1392), um burguês parisiense escreve e dessa feita a consciência pessoal, da qual falávamos, expressa-se livremente: *Le Ménagier de Paris*,[18] esse primeiro documento da índole burguesa francesa,[19] possui uma moldura capaz de se sustentar ao lado da de Boccaccio. É verdade que ela ainda é essencialmente didática, carece de elegância artística e ainda é demasiadamente central, mas ela é totalmente individual: uma pessoa determinada fala a uma outra, da qual gosta; aquela não deseja fazer desta a encarnação de um sistema de regras, mas, sim, uma mulher independente e generosa e, ao mesmo tempo, prática. Um homem mais velho casa-se com uma moça

17 Id., ibid., cap. 1, p. 5.

18 *Le Ménagier de Paris*, 2 v. Paris: Société des Bibliophiles François. Impr. de Crapelet, 1846.

19 Na literatura francesa antiga aquele que não é nobre jamais se torna o protagonista, no máximo objeto, e na verdade como caricatura, como figura cômica. Pense-se na castelã de Sainte-Gille ou nos pastores em *Aucassin et Nicolete*.

jovem e resolve escrever-lhe um livro, o qual lhe deve servir de guia em todas as questões divinas e terrenas:

> Cara irmã, visto que tu, com a idade de quinze anos, na semana em que nos casamos, me pediste que poupasse tua juventude e teus modestos e ignorantes préstimos até que tivesses visto e aprendido mais; aprendizado que prometeste ouvir atentamente, dispensando-lhe todo cuidado e diligência, para conservar-me a paz e o amor, tal como dizias ajuizadamente, com maior tino, creio eu, que o teu, suplicando-me humildemente em nosso leito, como me recordo, que pelo amor de Deus eu tivesse a bondade de não corrigir ofensivamente diante de gente estranha e tampouco diante de tua gente...[20]

Assim ele inicia sua introdução, e então prossegue:

> Pois tua juventude te isenta de ser judiciosa e isentará também em todas as coisas que fizeres com a intenção de fazeres bem e sem meu desagrado. E fica sabendo que não me causará desagrado, e sim agrado, se plantares roseiras, cuidares de violetas, fizeres chapéus e também dançares e cantares, e quero que continues... e só há benefício e decoro em assim passares o tempo de tua adolescência feminina.

De outra feita, ele narra no capítulo "Ser obediente ao marido" a história de Griselda, mas logo receia que a jovem

20 *Le Ménagier de Paris*, op. cit., v. I, pp. 1 ss.

esposa possa se assustar e encarar com demasiada seriedade esse exemplo extremamente radical de obediência...

> Não pus (a história) para aplicá-la a ti, nem por querer de ti tal obediência, pois não sou digno dela, e ademais não sou marquês nem tu pastora...[21]

Mas podemos dizer que ele ainda seja um homem da Idade Média? É certo que ele abarrota o livro com tudo o que sabe; centenas de páginas tratam de culinária e da gestão doméstica, e há ainda um poema alegórico, de 1342, *Le Chemin de pauvreté et de richesse* [O caminho da pobreza e da riqueza], do notário Jean Bruyant. Porém, todo o primeiro volume é a expressão unívoca de uma vontade individual, e se Boccaccio criou a moldura social para a novela, o autor anônimo do *Ménagier* criou a doméstica.

No século XV, essa última criação teve melhor sorte do que a de Boccaccio. Enquanto na Itália a moldura declina ou se torna um meio de adulação, sua forma francesa, ainda que com algumas oscilações, foi efetiva até o fim do século.

Os italianos do *Quattrocento*, ou não dispunham de moldura, como Poggio, ou tinham uma totalmente convencional, como Masuccio. Poggio[22] contenta-se com um melancólico comentário final; nos bons e velhos tempos, os secretários do papa Martinho V, entre os quais também ele contava, teriam narrado essas histórias no *bugiale*, a sala das mentiras. Masuccio,[23] ao contrário, apresenta uma mol-

21 Id., ibid., v. I, p. 125.

22 Poggio Bracciolini, *Liber facetiarum*. Utilizamos a seguinte edição (bilíngue: latim-francês): *Les Facéties de Pogge*, 2 v. Paris: J. Liseaux, 1878.

23 Masuccio Salernitano, *Il novellino de Masuccio Salernitano*. Luigi Settembrini (org.). Nápoles: A. Morano, 1874.

dura bastante detalhada: dedicatória geral a Hipólita de Aragão (filha de Francesco Sforza), com a lenda do ducado reencontrado; então, a cada vez, um exórdio a uma pessoa importante, contendo o tema; segue-se então, depois da narrativa, uma espécie de resumo e transição sob a rubrica "Masuccio". No fim de tudo há uma "fala do Autor a seu livro", endereçada mais uma vez a Hipólita e contendo novamente uma lenda (a mão cheia de água como regalo do camponês ao rei). Masuccio é um estilista hábil e gracioso, mas a concepção é pobre: ele nada mais tem a dizer do que adular a corte e insultar os monges corruptos. Naturalmente, há aqui também um reflexo da cultura social, mas pálido e sem liberdade: "[...] dignando-se Sua Alteza com a habitual humanidade a dizer-me que muito lhe agradaria..., preferi o mais rapidamente, obtemperando a tanto querer, escrever errando a de algum modo, calando, não satisfazer a seus obséquios [...]".[24] Tu ordenas, eu escrevo. Na Itália, a sociedade havia novamente se afastado da elaboração de novelas. A ela não interessava mais vincular as coisas terrenas numa prosa realista, mas sim enredá-las de modo fantástico no verso. O domínio de Boccaccio e Sacchetti chegava ao fim; começava o de Pulci, Boiardo e Ariosto. Na novela, o Renascimento introduz a moldura rica, que possui movimento e cor, mas carece de unidade e vivacidade interior. É o que ocorre em Sabadino degli Arienti[25] (o ir e vir das personagens)[26] e Giovanni da Prato[27] (excesso do emaranhado descritivo). A configuração dos *intermezzi* de Saba-

24 Id., ibid., p. 8.

25 Giovanni Sabadino degli Arienti, *Le Porrettane*. Giovanni Gambarin (org.). Bari: Laterza, 1914.

26 Cf. Erhard Lommatzsch, *Ein italienisches Novellenbuch des Quattrocento* [Um livro de novelas do Quattrocento]. Halle: M. Niemeyer, 1913, pp. 8 ss.

27 Giovanni da Prato, *Il Paradiso degli Alberti*. Alessandro Wesselofsky (org.), 3 v. Bolonha: G. Romagnoli, 1867.

dino é muito mais viva do que em Masuccio; sua moldura é, em todo caso, a mais bela dentre os "ricos" emolduramentos do *Quattrocento* tardio. Ele tem sempre novas ideias, introduz personagens interessantes - inclusive, certa vez, uma criança - e sabe, a despeito de toda a adulação, caracterizá-las de modo vivo. Mas o interesse despertado pela introdução, pelos *intermezzi* e pelo desfecho (mais do que as próprias novelas) é de caráter predominantemente histórico-cultural: fornecem uma imagem da sociabilidade por volta de 1440 (1470), na qual se mesclam uma jovialidade espirituosa e um pouco de pedantismo humanista. Porém, de um ponto de vista estético, esse emolduramento nos parece demasiado frouxo, não há um todo: a introdução constante de novas personagens cria certa agitação, mal tolerada pela uniformidade e pela autossuficiência da moldura social.

Nesse ínterim, a moldura francesa desenvolveu-se rumo a uma grande perfeição. Cerca de trinta anos após o *Ménagier*, pouco depois de 1420, surgem as *Quinze joyes de mariage*. Aparentemente não possuem moldura nenhuma, a não ser que se queira considerar como tal as frases estereotipadas presentes no início e no fim.[28] De fato, um tal livro não precisaria de outra moldura externa. Sua uniformidade repousa em sua ideia fundamental: por meio do realismo da exposição, da individualização do círculo social, da ocupação apaixonada com as coisas da vida doméstica, ele pertence à série que parte do *Ménagier*. Não

28 "A primeira alegria do casamento é quando [...]" e no fim: "está enredado [...], sempre a definhar e acabará miseravelmente seus dias."

existe um livro de narrativas elaborado de maneira mais concisa; bastam as fórmulas que já introduzimos, que atestam: quando te casares, não importa o que aconteça, ao fim estarás perdido e sucumbirás miseravelmente. Trata-se de um deslocamento do ponto central da moldura para a ideia fundamental, ou, caso se queira, de uma moldura externa para uma interna.

Em meados do século os livros de novela italianos começam a exercer influência na França, e procura-se imitá-los nas cortes. O exemplo mais famoso de uma tal imitação, e decerto o único que pertence ao século XV, provém da Borgonha: são as *Cent nouvelles nouvelles*, originadas por volta de 1460. No prefácio, o autor confessa a intenção de imitar Boccaccio, mas a capacidade de imitação não se estende à moldura. Diz o estudo de Voßler[29] que "a elaboração de novelas pressupõe uma série de condições culturais e sociais que seria inútil buscar na França de então: a mulher em posição de igualdade, a circulação social livre entre os sexos e a educação formal da expressão: a conversação, em suma".[30] Voßler tem em vista a forma italiana do "novelar", que, para nós, não é a única. Mas, seguramente, as condições identificadas por Voßler foram imprescindíveis para a criação de uma moldura social no estilo de Boccaccio, e, assim, o experimento francês falha, havendo uma simultaneidade desarticulada. O livro foi escrito por encomenda do duque Filipe, o Bom, e em cada novela aparece o nome do narrador real ou fictício. Esses narradores são evidentemente figu-

29 Karl Voßler, "Zu den Anfängen der französischen Novelle" [Sobre os inícios da novela francesa], in *Studien zur vergleichenden Literaturgeschichte* [Estudos sobre história literária comparada], 9 v. Berlim: A. Duncker, 1901-09, v. II, pp.3 ss.

30 Id., ibid., p.4.

ras da corte, políticos, dignitários, príncipes, e até mesmo o próprio duque, de modo que se cria certo substituto para a moldura, que sem dúvida se revela insípido e canhestro. Os *intermezzi* faltam por completo, como já ocorria em Sacchetti e Poggio. Em seu lugar, na novela, são frequentemente empregadas fórmulas introdutórias, em que o narrador se dirige aos ouvintes. Tudo são frases mal remendadas; cito uma: "Enquanto os outros estiverem pensando e em sua memória permanecerem alguns casos sobrevindos e cometidos, que sejam adequados e próprios a se ajustarem à presente história, eu contarei em breves termos [...]" (37ª novela).[31] As fórmulas ocasionais de desfecho são ainda menos significativas, como na 4ª novela: "do modo e da maneira que ouvistes".[32] Não obstante, o livro deixa a impressão de uma sociedade superficial e muito sensual, que adota uma moda estrangeira. Não pretendo decidir se as novelas eram narradas ou somente escritas (Voßler opina em favor desta última interpretação). De acordo com a forma da novela, a primeira possibilidade não estaria completamente descartada, mesmo se duvidarmos da capacidade dos senhores da Borgonha para narrar de modo tão breve e rígido. De todo modo, o livro mostra que a moda italiana de compor novelas chegara à França; isso parece certo. Nas *Cent nouvelles nouvelles* trata-se de uma tentativa de moldura social, única em seu gênero no *Quattrocento* francês.

Em contraposição, a moldura doméstica é encontrada, frequentemente numa ornamentação grotesca, em quase

31 Cf. *Les Cent nouvelles nouvelles*, in *Bibliothèque elzévirienne*. Thomas Wright (org.), 2 v. Paris: P. Jannet, 1858, v. I, p. 232.

32 Id., ibid., v. I, p. 31. Cf. a disposição em Walther Küchler, "Die *Cent nouvelles nouvelles*", in *Zeitschrift für neufranzösische Sprache und Literatur*, XXXI (1906), p. 65 (as *Cent nouvelles nouvelles* aparecem no mesmo periódico nos volumes XXX e XXXI).

todas as obras narrativas e didáticas da época. Um exemplo não muito significativo, mas original, é a antologia de máximas femininas que se conservou sob o título *Les Évangiles des Quenouilles*.[33] Um grupo de velhas senhoras reúne-se durante seis noites consecutivas e se entretém ouvindo suas experiências. Um homem de confiança é chamado a fim de tomar nota de tudo. A cada dia uma das mulheres assume a condução; lê seu "Evangelium" e cada regra é comentada por uma das outras; no fim de cada encontro o escritor, responsável pelos protocolos, expõe seus comentários marginais, nem sempre respeitosos.

O *Réconfort de Madame de Fresne*, obra tardia de Antoine de La Sale,[34] constitui exemplo particularmente belo do modo francês de emoldurar novelas. Trata-se de uma carta, escrita igualmente pouco antes de 1460, destinada a consolar uma dama nobre que perdera sua única criança. A distinção de princípio entre nobreza e burguesia já havia praticamente desaparecido: no *Réconfort* predomina uma mentalidade aristocrática que, como na Itália, não se vincula ao nascimento, mas também não repousa no humanismo e na formação espiritual; baseia-se antes na dignidade interior e na nobre disciplina do coração, ou seja, numa ideia depurada de honra. A moldura das duas novelas, acentuadamente desiguais, é comovente, embora a pia admoestação, os exemplos curtos e as lendas, as esperanças terrenas e todas as reminiscências possíveis de Antoine se alternem de maneira bastante simples.

33 *Les Évangiles des Quenouilles*, in *Bibliothèque elzévirienne*. Paris: P. Jannet, 1855.
34 Cf. Antoine de La Sale, *Le Réconfort de Madame de Fresne*, in Joseph Nève, *Antoine de La Sale*. Paris: H. Champion, 1903, pp. 100 ss.

A eficácia decorre do fato de que a moldura nasce da intenção da obra, como se o fizesse a partir de si mesma, e de que o autor está profundamente comovido. Aqui impera o mesmo espírito que no *Ménagier*, mais incisivo, contudo, em virtude do caráter trágico dos acontecimentos e da submissão voluntária ao destino:

> Não é de admirar que uma dama belíssima, boa e nobre, para obedecer às poderosíssimas forças de sua dulcíssima e humana natureza, por haver partido deste mundo alguma sua primeira criatura, carregue profundo luto em seu doce e feminino coração e demonstre um sofrimento maior e mais agressivo que o dos homens rígidos e valorosos. Mas às coisas ordenadas pelo soberano Deus não há coração nem corpo, se não quiser de Deus se desviar e se for reto o seu desejo, que deixe de assentir e de agradecer-lhe por tudo.[35]

Naturalmente, também havia uma "sociedade" na França do século XV. Ela era ainda essencialmente feudo-aristocrática, embora já começasse a se transformar. Não produziu livros de novelas, pois as *Cent nouvelles nouvelles* não podem ser vistas como representativas disso. Há, entretanto, uma imagem dessa sociedade no gracioso romance de Antoine sobre o pequeno Jehan de Saintré. Evidentemente, o livro é irrelevante quanto ao problema da moldura, mas revela com muita clareza quão abalados estavam os fundamentos internos da aristocracia feudal. O herói Jehan,

35 Id., ibid, p.101.

por mais nobremente corajoso e gentil que seja, não é para nós um herói: sua educação parece-nos superficial, seus feitos heroicos, uma brincadeira, e seu comportamento diante da dama não é, em todo caso, aristocrático-feudal. Espera-se de Danz Abbés que seja uma figura cômica, e ele decerto o é, mas sua força terrena, sua arrogância diante de Jehan e sua pródiga riqueza fazem-no aparecer como o homem a quem pertencem o futuro e também o presente. O fato de Antoine não se sentir mais à vontade e seguro em suas convicções cavaleirescas, de que estas sejam percebidas em estágio de completa dissolução, permite-nos compreender que a sociedade francesa não pode mais produzir um livro de novelas representativo.

Podemos resumir o resultado deste capítulo em poucas palavras: a moldura social e paisagística criada por Boccaccio declina logo após sua morte (somente no fim do século XV ela reaparece, porém, mais frouxa e colorida); na França, apenas as *Cent nouvelles nouvelles* mostram rudimentos dela. Em seu lugar a literatura francesa desenvolve uma moldura de caráter íntimo-doméstico.

2 PROTAGONISTAS[1]

Boccaccio escreve para as mulheres; ele mesmo dizia isso constantemente: "nobilíssimas jovens, por cujo consolo me dispus a tão longa fadiga".[2] Sua natureza, seu sentimento, seu modo de tomar partido dominam a obra do autor, sua vontade é lei. No *Decameron*, quando alguém se dirige a todo o grupo, diz: "Minhas caras damas". A "cortesia" e a "graça" das mulheres constituem de fato a perfeição humana; o homem é um admirador ou um tolo.

Setenta anos mais tarde surgem as *Facetiae* e as *Quinze joyes*; pouco mais tarde, as *Cent nouvelles nouvelles*. Que transformação! A mulher não é mais soberana, não possui mais os mesmos direitos; é um ser menor e não tem mais a palavra. Fala agora uma sociedade de homens que nada mais sabe de amor e admiração. A mulher é vulgar, sensual, enganadora e limitada, tal como no *fabliau*, e se é honesta, o que raramente ocorre, ela o é à maneira doméstico-burguesa. Nas *Quinze joyes* a mulher se torna um ser demoníaco, destinado a corromper a força e autoconsciência do homem. Desse modo, a relação entre os sexos deixa de ser um jogo livre para tornar-se uma guerra sem fim, acanhada ou trágica, dependendo do temperamento e intenção do autor.

Sem dúvida existem diversas mulheres frívolas em Boccaccio, mas são apenas frívolas, e isso deriva sempre de um determinado direito. Esse direito é a moral do amor,

1 "Träger", literalmente "suportes" e "portadores" da trama. [N.T.]

2 Início da conclusão em: Giovanni Boccaccio, *Il Decamerone*. Pietro Fanfani, Eugenio Camerini et al. (orgs.), 2 v. Milão: Sonzogno, 1886, v. II, p. 375.

segundo a qual todo ser pode, consoante sua constituição física e espiritual, amar e rejeitar quem quiser, e essa liberdade tem a primazia diante das obrigações legais. A moral do amor, último resto da mentalidade do *cor gentile*, é a lei de Boccaccio, decerto a única que ele reconhece; as mulheres frívolas do século XV, ao contrário, não passam de prostitutas; sabem muito bem que merecem punição; seu modelo é dado pelas mulheres das velhas farsas populares. Em Boccaccio pode-se pecar somente contra a lei do amor; no século XV impera ou a ética burguesa ou a anarquia.

É bastante conhecida a novela de Boccaccio sobre o estudante que se vê trancado do lado de fora (*Decameron* VIII, 7). A dama ilude-o com uma falsa promessa de amor e ele vem a seu encontro; ela o deixa esperando uma noite inteira, entregue ao frio, enquanto zomba dele ao lado de um amante. Assim que se oferece a oportunidade de uma "bela vingança", ele a pune do modo mais cruel; por quê? Porque o amor é algo com que não se brinca. A sociedade reprova a cruel brutalidade do estudante, mas, em relação à dama, ambos têm apenas a "mais moderada compaixão", pois ela merecera tal destino.

Na 7ª novela da 3ª jornada a dama infeliz é censurada por não ter certa vez acolhido um homem enamorado e levá-lo ao desespero, embora ela o amasse; e ela não titubeia em reconhecer isso como pecado, e amaldiçoa o frade que a induziu ao erro.

Para Boccaccio o bem é o impulso natural, e aquilo que se lhe opõe é mau e risível: "[...] há uma infinidade de homens e de mulheres tão tolos a ponto de acreditarem que basta uma jovem pôr uma faixa branca na cabeça e vestir o hábito monacal preto para deixar de ser mulher etc. [...] (III, 1).[3]

Ele não cansa de nos dizer que o amor - o amor sensual - não é pecado ou dissipação, mas uma demanda natural, sendo, portanto, bom. O amor, além disso, é a força motriz de todo pensamento nobre e de toda generosidade. Essa ideia é muito antiga na Itália e esteve viva mesmo fora do círculo de Cavalcanti e Dante. O próprio Francesco da Barberino, didático e burguês, conserva-a, por assim dizer, como motivo fundamental.[4]

Do *Decameron* citemos sobretudo a epígrafe de V, 1: "[...] podem compreender... quão santas, quão poderosas e quão cheias de bem são as forças do amor, as quais muitos, sem saber o que dizer, maldizem e vituperam incorrendo em grande erro [...]".[5]

É também o amor que concede força e consciência de si. Lemos na 3ª novela da 2ª jornada quão orgulhosa a princesa inglesa defende seu direito de escolha e como ela envolve até mesmo o bom Deus em seu jogo ("Deus, que por sua misericórdia me pôs diante dos olhos [...] este jovem [...] e me mostrou Alessandro").[6] Mais bela ainda é a disposição independente de uma mulher, expressa na história de Giletta de Narbonne (III, 9), capaz de conquistar seu

3 Id., ibid., v. I, p. 198.

4 Ver também a citação sobre a inteligência (v. 5) em Adolf Gaspary, *Geschichte der italienischen Literatur* [História da literatura italiana]. Estrasburgo: K. J. Trübner, 1885-88, v. 1, p. 206.

5 Cf. *Il Decamerone*, op. cit., v. II, p. 7.

6 Id., ibid., v. I, p. 114.

marido com uma sabedoria comovente. Compare-se com ela, por exemplo, a 4ª novela de Sercambi ("sobre a grande prudência"), cujo ponto central reside inteiramente no avanço logrado mediante a astúcia. Nesse caso trata-se de uma sagacidade fria; em Boccaccio, da força do amor.

A mais notável dessas mulheres é a orgulhosa adúltera (VI, 7), que absolutamente não reconhece o seu ato como pecado. A maior parte das novelas da 10ª jornada é dedicada à nobreza do amor.

A história do jovem criado em ambiente isolado, que vê pela primeira vez uma mulher, adquire naturalmente em Boccaccio (introdução à 4ª jornada) uma feição completamente nova. No *Novellino* ela ainda é uma divertida curiosidade moral; aqui ela se torna símbolo da onipotência do impulso natural. Nesse contexto, Boccaccio segue antecessores ilustres. Diz ele, ao se voltar contra aqueles que lhe reprovam o amor dedicado às mulheres:

> Respondo que jamais, nem no extremo de minha vida, considerarei vergonhosa a missão de agradar às mulheres, às quais Guido Cavalcanti e Dante Alighieri, já velhos, e *messer* Cino da Pistoia, velhíssimo, prestaram honras e se regozijaram de agradar a elas [...][7]

E nessa concepção elevada de amor – mesmo que ele se tenha tornado inteiramente sensual – reconheceremos decerto uma última centelha do *dolce stil novo*.

7 Id., ibid., v. I, p. 271.

O amor puramente sensual alcança trágica dignidade no conjunto das novelas da 4ª jornada, e o conflito sempre decorre da tentativa de impor limites à natureza, contrariando-se a lei divina: porque não se percebe "ter mais força a natureza que o engenho (humano)" (introdução à 4ª jornada). A filha de Tancredo, Gerbino, Lisabetta, Girolamo, a mulher de Guglielmo Rossiglione são as vítimas, mas serão consideradas felizes se puderem compartilhar a morte do amado:

> Ó venturosas almas que viram num mesmo dia se cumprir o fervoroso amor e o término da vida mortal! E mais felizes se juntas a um mesmo lugar se foram! E felicíssimas se na outra vida for possível amar - e vocês se amaram - como aqui o fizeram! Mas muito mais feliz a alma de Simona, segundo nosso juízo, que vivos depois dela continuamos, cuja inocência não sucumbiu à sorte que as testemunhas lhe queriam impor... mais honesta via reservou-lhe o destino fazendo-a morrer de morte igual à do amante e livrar-se de toda infâmia, acompanhando a alma tanto amada de seu Pasquino![8]

Já na forma exterior o amor é algo distinto e nobre. Uma mulher, que promete conservar seu amor, escolhe estas palavras:

> *Messer*, várias vezes ouvi dizer não existir castelo fortificado que, combatido todos os dias, não seja por fim

8 Id., ibid., v. I, p. 315 (IV. 7).

> conquistado; e bem vejo isso ocorrer comigo. Tanto me vi assediada ora com doces palavras, ora com um afago, ora com outro, que o senhor me fez romper meu propósito e estou disposta, já que muito lhe agrado, a querer ser sua (VIII, 4).[9]

Nesse caso, dizem as *Cent nouvelles nouvelles*: "A moça... marca com o bom senhor para o dia seguinte a hora da labuta [...]" (9ª novela).[10]

Na obra de Boccaccio há naturalmente muitas mulheres ruins e histórias sujas, mas, em primeiro lugar, quase tudo são *beffe*[11] que se desenrolam no meio da plebe, e, em segundo lugar - basta fazer a prova -, o amor sensual nunca é mau em si mesmo; maus são a ganância, os ciúmes ou a frieza, justamente porque o profanam ou o desprezam. O ideal da castidade é completamente incompreensível para Boccaccio. Há um episódio em que parece elogiá-lo, mas ele o faz apenas do seguinte modo:

> De modo que (considerando que a mulher deve ser honestíssima e defender sua castidade assim como sua vida [...] não sendo isso, porém, plenamente possível como conviria, por nossa fragilidade) afirmo ser ela digna do fogo, ao qual agora é conduzida como pagã (epígrafe de VIII, 1).[12]

É uma mulher quem fala, e os três cavaleiros ouvem-na atentamente.

9 Id., ibid., v. II, p. 193.

10 Cf. *Les Cent nouvelles nouvelles*, in *Bibliothèque elzévirienne*. Thomas Wright (org.), 2 v. Paris: P. Jannet, 1858, v. I, p. 52.

11 Plural de *beffa*, termo italiano que, no Renascimento, designa certas peças burlescas. [N.T.]

12 Cf. *Il Decamerone*, op. cit., v. II, p. 175.

Boccaccio mudou muito no fim da vida. *Corbaccio* é uma sátira amarga e implacável, e algumas observações da *Vita di Dante* o são ainda mais. Em primeiro lugar, e com razão, podemos supor que aí se expressa a saúde frágil e a beatice de um folgazão envelhecido. Entretanto, vale a pena atentar para a mudança de opinião que se opera contra as mulheres e se observa por toda a parte no fim do século XIV. Na obra de Giovanni Fiorentino ainda se encontram mulheres muito assemelhadas ao tipo do *Decameron* (especialmente na 1ª novela da 4ª jornada, na história do mercador de Veneza), mas apenas esporadicamente e sem viço. Observações gerais sobre as mulheres e o amor estão praticamente ausentes.[13]

Em Sacchetti as mulheres não desempenham mais nenhum papel de relevo; ele escreve para o entretenimento e a instrução dos homens. Não diz jamais quanto menospreza as mulheres, mas podemos notá-lo, por exemplo, ao lermos a 28ª novela. Um rapaz deseja a filha de um sacerdote, a qual vive na casa paterna. Em Boccaccio o amante teria, obviamente, primeiro conquistado o favor da jovem, e ambos teriam juntos pregado uma peça ao velho. O amante de Sacchetti não pensa dessa forma; a vontade da jovem é para ele questão secundária. Ele se disfarça de mulher, vai à casa do sacerdote, arruma um pretexto para pernoitar ali e dorme com ela; no quarto, não perde tempo com muita conversa e não se interessa pelo que ela diz; conta com o dinheiro e uma grosseira

13 Apenas uma chama-me a atenção: "Como é regra entre as mulheres, que, tão logo ficam viúvas, se tornam fradeiras" (VI, 2).

sensualidade para seduzi-la. Para se observar a diferença, leia-se a novela de Boccaccio com o "rouxinol" (v, 4).[14]

Sercambi, que se apega de maneira muito dependente ao *Decameron* e reproduz quase literalmente as novelas, como a história de Griselda, mostra, no entanto, com bastante frequência, quão afastado ele está da mentalidade de Boccaccio. É dele a imagem repulsiva de uma mulher luxuriosa, na 107ª novela: Madonna Antoniella, "não como pomba, mas como galo, com a cabeça erguida, os olhos faiscantes, a língua mordente".[15] Boccaccio é capaz de tornar tolerável para nós uma situação como essa, fazendo-a parecer natural e óbvia: a mulher é jovem e cheia de energia; o marido é um inútil; que lhe resta fazer? O que é natural não devemos sentir como algo repugnante, mas como algo divertido e merecedor de nosso riso (v, 10).

Vê-se aí a transformação fundamental. Na novela depois de Boccaccio são os homens que falam e não mais as mulheres: a mudança condiciona uma transformação da mentalidade. Na França não foi diferente, apenas desenvolveu-se de modo muito mais lento. Lá a literatura bebeu ainda por longo tempo da fonte medieval; a *Minne* não experimentou, como na Itália, uma renovação sensível - seja rumo ao apaixonado (Dante), seja rumo ao social (Boccaccio) -, mas a imagem da dama cortesã perdurou, sempre mais obsoleta e abstrata, e sempre incorporando mais traços da existência burguesa. Jehan de Meung foi o primeiro e mesmo os *rhétoriqueurs* conservam algo da

14 Outros exemplos das opiniões de Sacchetti sobre as mulheres: pp.84-85, 106, 111-12, 136-37.

15 Cf. Giovanni Sercambi, *Novelle inedite*. Rodolfo Renier (org.). Turim: Loerscher, 1889, p.398.

antiga forma. Há uma multiplicidade de fenômenos de transição: os conservadores Froissart, Guillaume de Machaut, Alain Chartier, além de Eustache Deschamps, que no *Miroir du mariage* se porta de modo irreverentemente burguês, ou Christine de Pisan,[16] que não pretendeu criar uma natureza feminina renovada, mas que certamente nada mais possuía da dama cortesã. O conflito permanece, desfigurando-se gradualmente e chegando ao grotesco, até o *Saintré* de Antoine de La Sale ou o *Arrêts d'amour* do jurista parisiense Martial d'Auvergne, que escreveu por volta de 1460;[17] em seu livro um amante promete a sua dama

> que todas as vezes que quisesse deitar-se e pôr a touca de dormir, ele seria obrigado a amarrar a ponta da referida touca com dois nós bons e fortes; e dizer pelo amor dela, puxando: Deus dê boa noite à minha Senhora.[18]

Portanto, para a novela francesa a oposição é muito menos aguda do que na Itália. O autor do *Ménagier* possui de antemão uma concepção burguesa da mulher; ele desconhece a "gentil senhora" e deseja uma "mulher proba e leal". Ao narrar a novela de Griselda, não o faz para exaltar a mulher em si e para si, nem tampouco para desprezá-la, tendo narrado pouco antes uma graciosa história na qual não se encontra uma única mulher que,

16 Sobre ela, em contexto semelhante, cf. Gustav Gröber, "Die Frauen im Mittelalter und die erste Frauenrechtlerin" [As mulheres na Idade Média e a primeira feminista]. *Deutsche Revue*, dez. 1902, pp.343-51.

17 Martial d'Auvergne, *Aresta amorum*, citado por Seb. Gryphim, Lugduni, 1538.

18 Um belo exemplo da lúdica comicidade da ideologia cavaleiresca encontra-se no 45º arresto: um cavaleiro demanda a "indenização por perdas" sofrida no torneio (armadura, cavalo), porque a dama, sob um pretexto qualquer, lhe negara a bênção. Ela responde com sensatez burguesa: "que nunca na vida o aconselhou a participar de justas nem foi anuente" (op. cit., p.281).

por obediência ao marido, disponha-se a abrir a boca para contar até quatro.

No começo do século XV acentua-se na Europa românica uma misoginia decisiva.[19] O ponto de vista da Igreja sobre a mulher, que até por volta de 1300 esteve bem presente nas farsas populares e desde Jehan de Meung se encontrava em permanente conflito com a visão cortesã, impõe-se decididamente e torna-se literário. As *Lamentationes de Matheolus* (traduzido por Lefèvre, por volta de 1400)[20] têm ampla divulgação, e surge então a obra que finalmente faz o acerto de contas com a veneração feminina, seja a cavaleiresco-feudal, seja a socionatural: as *Quinze joyes de mariage*.

Quando, no *Decameron*, a mulher é bem-sucedida na tarefa de trapacear o homem (7ª jornada), este é quase sempre o verdadeiro culpado; ele é muito velho ou muito ciumento, excessivamente tolo ou, por algum motivo, não serve para ela; num certo ponto, diz-se, à guisa de explicação: "Nem sempre pode o homem saciar-se com a mesma comida, desejando às vezes variar" (VII, 6)[21] (mas isso, de acordo com Boccaccio, é natural e, portanto, não é ruim). De resto a mulher está longe de querer mal ao homem, ela está sempre na defensiva.

Ao contrário disso, nas *Quinze joyes* a mulher é uma besta furiosa, sendo ao mesmo tempo tola e corrompida, um animal maligno. Seu grande esforço é apequenar o homem, encontrar seu ponto fraco e destruí-lo, pouco

19 É interessante a novela do usurário logrado, que mostra tanto a transição dos conceitos quanto a da representação (publicada por Paul Meyer no "Bulletin de la societé des anciens textes français", 1879, pp.77-79 e 86-95, citada por Werner Söderjhelm, "La Nouvelle française au 15ème siècle", in *Bibliothèque du XVe siècle*, t. XII. Paris: H. Champion, 1910, p.26).

20 Cf. *Les Cent nouvelle nouvelles*, op. cit., epígrafe da 37ª novela.

21 *Il Decamerone*, op. cit., v. II, p.142.

se importando com as consequências, que podem levar de roldão a casa, os filhos ou a si mesma. É preciso citar Strindberg para encontrar um paralelo: Boccaccio é certamente um psicólogo genial, mas falta-lhe uma segunda perspectiva; ele enxerga um jogo alegre em que o outro revela terríveis abismos. Em Boccaccio homem e mulher pertencem um ao outro; atam-nos o erotismo, os filhos e o patrimônio comum; em geral, são bem-intencionados um com o outro; isso se expressa de maneira muito delicada, entre outras coisas, na mais cômica de todas as novelas, a 10ª da 9ª jornada, em que Gemmata diz ao marido: "que estúpido você é - por que pôs a perder as suas e as minhas coisas?".[22] Boccaccio não leva muito a sério uma desventura doméstica. Um homem descobre a infidelidade da mulher. Que faz ele? Vinga-se com a mulher de outro e a questão está resolvida. Se a situação, como na 9ª novela da 4ª jornada, torna-se trágica, o herói não é o marido, mas os amantes.

Para o homem das *Quinze joyes* a vida doméstica é tudo. Por ela, ele sacrifica as posses, a saúde, o caráter. Se for destruída, ele estará condenado à ruína; e o efeito crudelizante da história consiste no fato de que ele está antecipadamente perdido, pois a mulher não é uma parceira, uma companheira na bonança e na adversidade; ela é essencialmente uma inimiga. O autor sabe muito bem como deveria ser um casamento e fala numas poucas linhas, no começo da 14ª *joye*: "Pois eles são dois numa só coisa, e a

22 Id., ibid., v. II, p. 296.

natureza obra tanto com a brandura de sua forja que, se um tivesse dor, o outro se ressentiria".[23]

Boccaccio não teria achado expressão mais profunda, capaz de tornar a ruína tão mais amarga e terrível. O homem das *Quinze joyes* que descobre a infidelidade da mulher (15.ª *joye*) é uma pessoa interiormente devastada. Suas forças chegaram ao fim, e tudo se lhe tornou indiferente. Tão indiferente que, apático, deixa-se convencer de que aquilo que viu não é verdadeiro.[24] Que lhe importa se tem ou não razão? Sua vida está acabada; o objetivo que todas as mulheres perseguem nesse livro, a destruição do vigor masculino, foi alcançado. Doravante ele é uma máquina emperrada:

> Está tão abatido, tão cansado, tão vencido pelo esforço e pelo tormento do lar, que já não se importa com nada que a mulher lhe diga ou faça; mas está endurecido como um velho asno que, por costume, aguenta o aguilhão, pouco apressando o passo no qual se habituou a andar.[25]

O tema da 6.ª *joye* mostra quanto a mulher, a cada nova oportunidade, procura agir contra ele. O homem traz convidados para o almoço. Trata-se de pessoas que podem ajudá-lo; ele manda dizer à mulher que prepare uma bela refeição. Ela não o faz: "Juro que não vou cuidar disso; não tenho nada com as festas dele; por que não veio ele mesmo?".[26] E, além disso, ela manda embora toda a criadagem e o ofende da pior forma possível. A história

23 *Les Quinze joyes de mariage*, in *Bibliothèque elzévirienne*. Paris: P.Jannet, p.116.

24 Cf. a utilização jocosa do mesmo motivo (*Decameron*, VII. 9). É igualmente instrutiva a comparação da 7.ª joye (o amigo admoestador) com Poggio, 139.

25 4.ª *joye*, em *Quinze joyes*, op. cit., p.32.

26 Id., ibid., p.60.

é velha; no século XIII encontra-se nos *Fabliaux* (*Dit des perdriz*),[27] na farsa alemã (*Der Reiger*)[28] e nas *Cent nouvelles nouvelles* (38ª). Mas, em todos esses modelos e imitações, o ponto principal consiste no fato de que a mulher deseja dar de comer ao amante ou se divertir de alguma forma; ou então o marido manda entregar em casa um quitute para o pretendido banquete, o que chama a atenção da mulher. Tudo isso está ausente aqui; ela deseja tão-somente prejudicar o marido, descarregar nele todo seu ódio, humilhá-lo.

O livro inteiro é uma série interminável de desgraças e atribulações que nada têm de extraordinário, nem são trazidas de longe, mas se originam da vida cotidiana. Uma roupa nova, uma viagem, uma gravidez - a moça que perdeu a virgindade e agarra um tolo para se casar - e, ao lado disso, temas que não se apoiam num acontecimento qualquer, mas em mero ressentimento. A mulher crê, por exemplo, que outros homens têm mais a oferecer em termos eróticos, ou que ela poderia ter se casado com alguém melhor, mais rico ou mais nobre; fala abertamente sobre tudo isso sempre que surge a oportunidade, e o resultado é discórdia, guerra e uma ruína sem precedentes.

Por uma vez, na 9ª *joye*, o homem permanece vencedor. O marido fora um homem forte, não toleraria escravidão nenhuma - "não obstante todas as guerras que, entre eles, duraram vinte ou trinta anos, ou mais, ele saiu vitorioso em suas posses". Agora, contudo, está velho e doente; de

27 Cf. A. de Montaiglon; G. Raynaud, op. cit., v. I, p. 188.

28 Friedrich Heinrich von der Hagen, *Gesamtabenteuer* [Aventuras reunidas], 3 v. Stuttgart / Tübingen: J. C. Cotta, 1850, v. 2, p. XXXI.

imediato a mulher, juntamente com os filhos e a criadagem, investe contra ele. Ele é apartado do mundo, escarnecido e maltratado; procura se defender e então ela o declara louco. Este é seu fim: "Assim é governado o bom homem que viveu com honra".[29]

Examinamos detalhadamente Boccaccio e as *Quinze joyes* porque ambos representam os extremos entre os quais se movem as concepções nos inícios do Renascimento. A Itália não conheceu um ódio tão passional pela mulher, inclusive porque lá não se levavam tão terrivelmente a sério o lar e o casamento. Os misóginos italianos são céticos, frios e indiferentes, e a misoginia era-lhes tão óbvia que não valia a pena gastar muita tinta com o assunto. Sacchetti já é assim, e Poggio ainda mais: é um niilista moral. Se a história é engraçada e certeira, então as pessoas só fazem o que lhes dá prazer. A natureza de Boccaccio era toda ela um tipo de ética imanente do amor sensual, do qual não abria mão mesmo nas farsas mais extravagantes. Para Poggio, o secretário papal, o amor não passa de grosseira sensualidade, despojado de toda dignidade nobre e de toda graça. Por isso ele é tão obsceno (não reproduzo aqui o exemplo mais picante, o da 269.ª facécia, *De dubio sophismato*). Nele se encontra, de forma crua, a ideia de que todas as doenças das mulheres podem ser tratadas pelo receituário de Mefisto (24.ª, 4.ª e 112.ª facécia, em que encontramos a observação: "Por este exemplo, demonstra-se que esse preceito se aplica muitíssimo

29 *Les Quinze joyes*, op. cit., p.89.

às doenças das mulheres"). Sobre o erotismo mais chão, vejam-se também a 128ª e a 203ª facécias, bem como algumas farsas de cujo motivo Poggio extirpa todo o encanto pessoal, deixando apenas o arcabouço dos fatos, de modo que seu efeito é completamente rude e baixo (compare-se a 267ª facécia com *Decameron* VII, 6). Na exposição de rudezas Sacchetti vai bem longe; em ambos encontramos as novelas do filho e a madrasta (Poggio, 143; Sacchetti, 14), da mulher que se vende por um ganso (Poggio, 69; Sacchetti, 231) e da resposta, divertida mas muito vulgar, da mulher estéril (Poggio, 22; Sacchetti, 15). Contudo, o velho Sacchetti é um homem afeito à moral do povo, simplório e vulgar, mas com certa noção do que sejam o bem e o mal; Poggio, como já dissemos, é totalmente niilista, e a forma é tudo o que lhe importa. Em virtude de sua inclinação pelas belas palavras surge, ocasionalmente, uma facécia em que as mulheres respondem ao menos de maneira elegante e espirituosa: é o que se passa na resposta à pergunta sobre o porquê de as mulheres jamais pedirem aos homens que as amem, ocorrendo sempre o contrário (47); ou, ainda mais bela, a pergunta que a rainha de Nápoles endereça ao embaixador florentino, que tivera a ousadia de propor uma noite com ela: ter-lhe-iam encarregado os florentinos também desse serviço? (105)

As *Cent nouvelles nouvelles* francesas encontram-se no mesmo patamar. Isso já indica a influência que a Itália exerceu sobre a antologia.[30] O elegante ceticismo diante

30 Cf. W. Küchler, "Die *Cent nouvelles nouvelles*", in *Zeitschrift für neufranzösische Sprache und Literatur*, v. XXX e XXXI, resenhado por Voßler no *Literaturblatt für germanische und romanische Philologie*, 1908, col. 289, e por Söderjhelm, op. cit.

da mulher é inteiramente ítalo-renascentista e, quanto mais não fosse, o livro empresta sua concepção erótica da Itália (isso é o que constitui todo seu conteúdo). Caso se objete que os *fabliaux* já haviam adotado tom similar, deve--se de início dizer que neste ponto eles não vêm ao caso. Os *fabliaux* não sustentam um ponto de vista; são poesia popular ingênua, não reflexiva e acrítica. Quando aparece uma mulher má, uma prostituta, uma alcoviteira, ela é um caso isolado, destinado a provocar o riso do povo; ela não é o tipo, não é a sociedade que "faz um julgamento". Lembremos, além disso, que os últimos *fabliaux* surgiram por volta de 1340; as *Cent nouvelles nouvelles*, por volta de 1460. Nesse ínterim predominou na França uma literatura que se portava de modo sempre sério, amiúde passional, no que dizia respeito à veneração ou ao desprezo dispensados à mulher. Surgem então, repentinamente, as *Cent nouvelles nouvelles*, em que alguns senhores da corte borgonhesa narram histórias de maneira agradável e desinteressada; são céticos, veem o amor como uma aventura sensual e o matrimônio como ensejo para peripécias cômicas (compare-se a 9.ª das *Cent nouvelles nouvelles* com Poggio, 270). Na França, até então, essa mentalidade jamais existira.

O que diferencia essencialmente as *Cent nouvelles nouvelles* de Poggio é a sensualidade na exposição.[31] Poderiam ser comparadas, antes de mais nada, com Sacchetti. Ao se acercar da tradição italiana, a obra francesa promove uma renovação do sentimento sensual, um avivamento da vida

31 Cf. W. Küchler, op. cit., v. XXXI, p. 79.

doméstico-familiar, da *vie intime*, em consonância com o caráter da nação da época. As mulheres de Poggio constituem, em grande medida, meros esquemas. Apresento alguns exemplos.

> Um sapateiro pediu que a esposa, que não gozava de boa saúde, fosse a um médico que ele conhecia. Este na ausência do marido foi à casa da esposa e, ainda que ela relutasse, estuprou-a no divã.[32]

Em relação ao trecho acima citado, vejam-se o correspondente nas *Cent nouvelles nouvelles* (3): "Nosso cavaleiro, ao ver aquela moleira belíssima e em boa forma, mas escassamente provida de juízo, teve boas ideias e lhe disse: certamente [...]".[33]

Em Poggio (157), uma jovem confessa à mãe: tendo a mãe percebido pelo rosto da filha, começou a repreendê-la etc.[34]

E a 8.ª das *Cent nouvelles nouvelles*:

> Nem é preciso perguntar quanto ela se deixou apertar e ameaçar antes de consentir em dizer alguma coisa, mas no fim foi levada a falar quando percebeu sua lastimável situação [...] a mãe, muito enraivecida, furiosa e aflita a mais não poder [...] põe-se a repreendê-la [...] que a paciência que ela teve de ouvir tudo sem dar um pio [...] era suficiente para apagar o crime que cometera ao se deixar emprenhar pelo picardo. Mas, infelizmente, essa

32 Cf. *Les Facéties de Pogge*, op. cit., v. II, p.57 (156.ª facécia).

33 Cf. *Les Cent nouvelles nouvelles*, op. cit., v. I, p.17 (3.ª novela).

34 Cf. *Les Facéties de Pogge*, op. cit., v. II, pp.59 e seguintes (157.ª facécia).

paciência não provocou nenhuma piedade na mãe, que lhe disse: vá embora [...]

No livro de Poggio, enquanto a mãe, de modo um tanto incoerente, proíbe o casamento, nas *Cent nouvelles nouvelles* é o marido que abandona a jovem. Diz a mãe: "Não volte para casa até que o encontre". Em ambos os casos o noivo conta a história a uma outra mulher, com a qual está envolvido, e ouve em resposta: "De que serviu que a tola contasse à mãe. Nosso empregado conheceu-me [fez sexo comigo] mais de cem vezes e nenhuma palavra disse de mim à minha mãe".[35] Poggio e seu herói contentam-se com esse efeito; nas *Cent nouvelles nouvelles* o homem mede imediatamente as consequências e retorna à antiga amada.

Em Poggio (facécia 85), a doméstica confessa à patroa que o patrão a assedia: "Ela contou o ocorrido à patroa". Disso resulta uma situação muito viva (*Cent nouvelles nouvelles*, 17); a jovem, surpreendida socando farinha num cômodo isolado, prepara uma cilada: diz que vai se certificar de que madame ainda dorme; ele, enquanto isso, deve assumir o trabalho a fim de que uma súbita interrupção do barulho não venha a despertar suspeitas; ela promete voltar e volta, de fato, mas com madame: "E quando ela o vê naquele estado e com o peneiro na cabeça [...]". A cena é digna de Boccaccio (cf. 24ª novela, "os *houlseaux* semidespidos").

Em Poggio (novela 6): "A mulher, mal aguentando o desejo, abraça e beija o homem, dizendo-lhe que ele não iria

35 Cf. *Les Cent nouvelles nouvelles*, op. cit., v. 1, p. 47 (8ª novela).

embora antes de conhecê-la [ter sexo com ela]". Acresce a isso a cena desajeitada e cômica na 23ª das *Cent nouvelles nouvelles*, que, entretanto, é demasiado longa para ser aqui reproduzida.[36] Em todo caso ela é muito instrutiva. Lembremos a situação amorosa no *Decameron* V, 7 (o abrigo durante a chuva); em Boccaccio a natureza onipotente atinge igualmente os nobres[37] e a gente comum, a mulher e o homem - por isso agem todos de maneira acertada ao ceder, não importando o que o mundo irá dizer; em Poggio uma rudeza fria e desavergonhada, a fim de não perder a piada; nas *Cent nouvelles nouvelles* uma imagem doméstica, um *interieur*, em que algo de italiano permanece: o ceticismo dos ouvintes.

Imagens domésticas, *intérieurs*: sem dúvida, esta é a melhor palavra para designar a antologia francesa. A famosa novela do dízimo (*Cent nouvelles nouvelles*, 32) - em Poggio (155) uma piada grosseira - termina com uma vingança terrível dos maridos. O matrimônio e o marido, a casa e as crianças adquirem um significado que jamais tiveram na Itália; um expressivo número de novelas (19, 22, 29, 51) lida com tais problemas (veja-se o *Ménagier*, v. I, pp.182-83 e, em contraste, Poggio, facécia 151). Além disso, as crianças começam a desempenhar um papel que não é o do galhofeiro precoce, como em Poggio (41, 211, 265), mas sim o de verdadeiras crianças (*Cent nouvelles nouvelles* 23 e 66). O postulado da integridade do matrimônio aparece de forma bastante pura na 100ª novela, que provavelmente remonta a um modelo latino[38] (a jovem e o *sage clerc*). Este

36 Cf. *Les Facéties de Pogge*, op. cit., v. I, p.22. *Les Cent nouvelles nouvelles*, op. cit., v. I, pp.125 ss.

37 "Amor que o cor gentil logo apreende" (*Inferno*, V, v. 100).

38 Cf. *Deutsche Vierteljahrschrift für Literaturwissenschaft und Geistesgeschichte*, v. III, pp.1 ss.

caso à parte, quase todas as novelas importantes se desenrolam no ambiente doméstico. São incontáveis histórias de casamento, e o homem, embora frequentemente traído, não é em si mesmo mais risível ou desprezível do que o amante. São justamente os homens que narram e se tornam os protagonistas por excelência. No reino do amor nobre a mulher é soberana e o homem, serviçal ou rebelde; no âmbito doméstico ocorre, ou ao menos deveria ocorrer, o contrário. Nas *Cent nouvelles nouvelles*, a mulher que trai jamais é glorificada, tal como Boccaccio gostava de fazer; ela não passa de uma prostituta. Embora os experientes senhores da corte borgonhesa entendam que não vale a pena manifestar a sua indignação, nada se altera; o essencial é que eles não mais admiram o amor altivo e livre, tal como, amiúde, ocorrera no *Decameron*, nem consideram legítimo o impulso natural. Antes, desprezam a mulher como ser tolo e entregue aos instintos e, no melhor dos casos, riem de seu refinamento. Que uma tal mulher, sem rodeios, providencie um substituto para o marido, como na 31.ª ou na 46.ª novela; que uma jovem nobre saiba apreciar o erotismo em sua forma mais crua (57.ª e 62.ª), que, além disso, o adultério seja vingado de maneira tão cruel, como nas novelas 49, 56 e 68, sem que a mulher adquira dignidade trágica, tudo isso parece fornecer prova suficiente para o nosso ponto de vista.[39]

Nas *Cent nouvelles nouvelles*, entretanto, uma reviravolta começa ocasionalmente a se impor. Embora a mulher, em sua condição sensual, apareça como inferior e desprezível,

39 Cf. também a história do *charreton* (54) e a viagem que leva ao *Gros Membre* (65), a qual, evidentemente, se encontra também em Poggio.

ela adquire uma nova dignidade ao ser concebida sob a óptica da manutenção do lar ou da inviolabilidade do casamento. No livro, que é muito aristocrático e italianizado, isso se expressa raramente,[40] mas já há um início. Nele se apresentam a já citada novela pedagógica (100) e a história da "boa e leal mulher" (59) que humilha publicamente o marido adúltero. A expressão *bonne et loyale femme*, que aparece já no Chevalier de La Tour-Landry, é o maior elogio que os franceses dessa época têm a oferecer. A forma italiana correspondente, de modo muito característico, é "senhora gentil e graciosa". Ambos os tipos juntam-se finalmente no Renascimento, e no século XV podemos acompanhar um desenvolvimento que aponta para as grandes figuras da geração vindoura: Caterina Sforza, Isabella d'Este e Vittoria Colonna. O traço característico dessas mulheres de transição é a sua entrega apaixonada e incondicional, que pode se tornar heroica e trágica; elas se ajustam bem tanto ao ideal social dos italianos mais antigos, quanto à domesticidade dos franceses; distinguem-se de ambos em sua amplitude humana, em seu caráter apaixonado e na exclusividade de seu amor.

Nas *Cent nouvelles nouvelles* encontra-se a bela narrativa da jovem que, disfarçada de escudeiro, segue o amado que viaja, com o fito de testá-lo (26). Vive com ele um dia, sem que ele perceba o ardil; ela reconhece quão pouco ele vale e o abandona. Ela é pura e fiel, perspicaz e decidida, como Giletta de Narbonne (*Decameron* III, 9) ou como a

40 O capítulo 7 das *Novelles de Sens*, editadas por Ernst Langlois (*Bibliothèque du XVe siècle*, t. VI. Paris: H. Champion, 1908), insere-se também nesse contexto (A mulher que se disfarça de padre para salvar da morte o marido adúltero). Cf. também o *Ménagier de Paris*, op. cit., v. I, p. 237: a história de Jehanne la Quentine.

Belle Jehanne na história *Du Roi Flore et de la Belle Jehanne*.[41] O amado, ao contrário, é um moço *blasé*, um retrato dos senhores borgonheses a quem a história é narrada; não acredita em amor e fidelidade e é um rabo-de-saia consumado.

Por mais notável que seja o efeito dessa história[42] em meio às excêntricas anedotas das *Cent nouvelles nouvelles*, ela ainda não traz a novidade decisiva. Até então não fora possível ver uma mulher lutando e sofrendo de maneira trágica. Giletta e Griselda, Jehanne e Catherine são mulheres decididas, fiéis e de comovente abnegação, mas não são problemáticas nem trágicas. Seu destino é selado por um final feliz, merecido de acordo com a justiça humana. A tentativa de Boccaccio para figurar mulheres trágicas produz sempre um efeito melodramático, porque suas personagens se constituem de pura sensualidade; falta-lhes estatura humana, não são heroínas trágicas, mas mocinhas que se encontram em apuros. Tomemos como exemplo a novela de Lisabetta com o maço de manjericão (IV, 5). Ela funciona como um melodrama sentimental e não acreditamos no final triste.[43] Veja-se também a novela de Simona e Pasquino: seria ela algo mais do que uma "história triste", um *fait divers*?

Por volta de 1450 surgem, em território de língua românica, duas narrativas nas quais a tragicidade das mulheres não é em nada inferior à dos homens das *Quinze joyes*. Até onde sabemos, é a primeira vez na Europa que mulheres

41 *Nouvelles françoises en prose du 13ème siècle*, editadas por Louis Moland e Charles D'Hericault, in *Bibliothèque elzévirienne*. Paris: P.Jannet, 1856.

42 A história do filho e da mãe doente (77) é bastante diferente, mas surpreende pela posição conferida à mulher.

43 Partindo de uma concepção totemista, Paul Ernst analisa essa novela num ensaio excelente (*Der Weg zur Form* [O caminho para a forma]. Leipzig: Insel, 1906, pp.86 ss.).

são apresentadas de modo heroico, ou seja, como seres humanos plenos. Tanto mais não fosse, essas narrativas já mereceriam finalmente ser retiradas dos meandros dos estudos especializados, em que repousam desde então.

A primeira foi escrita por um italiano, em 1444, na cidade de Viena: é a novela de Lucrécia e Euríalo, de Enea Silvio Piccolomini, de Siena, futuro papa Pio II.[44] Trata-se de uma mera história de amor, com ação bastante reduzida, escrita em latim humanista e eivada de citações e ditos moralizantes: duas pessoas se amam e, à custa de esforço infindo, encontram-se três vezes; as circunstâncias separam-nas; ele segue vivendo e ela morre. Enea Silvio apresenta o pano de fundo convencional-social que parece constituir o pré-requisito de todas as grandes novelas de amor (*Princesse de Clèves, Wahlverwandschaften*); mas em seu livro a mulher é a única protagonista. Euríalo é um pequeno janota que oscila entre a vaidade satisfeita,[45] um pouco de amor e muito zelo pela própria carreira; Lucrécia é a heroína.

Ela persegue seu objetivo resoluta, detém-se quando parece tê-lo alcançado e então, afrontando todos os perigos, entrega-se à paixão de corpo e alma: "Nada teme quem não teme morrer".

A outra história é francesa e talvez dez anos mais velha: é a primeira novela do *Réconfort de Madame de Fresne*, de Antoine de la Sale. Os ingleses sitiam a fortaleza de Brest; o senhor Du Chastel, seu comandante, é obrigado, em vir-

44 Cf. Enea Silvio Piccolomini (*Historia de duobus amantibus*, 1444); *Euryalus und Lucretia*, in *Fontes rerum austriacarum*, v. LXI, 2ª parte. Viena: K. K. Hof–und Staats Drückerei, 1849-1912; *Der Briefwechsel des Eneas Silvius Piccolomini* [A correspondência de Eneas Silvio Piccolomini], editado por Rudolf Wolkan. Viena: A. Hölder, 1909, p.355. Há uma tradução alemã da novela, editada por Conrad Falke e publicada pela editora Insel.

45 "Tu montarás o meu cavalo, Menelau, eu cavalgarei tua esposa."

tude da carência de víveres, a entregar seu único filho, uma criança, como garantia de que ele, o comandante, se renderá caso não chegue socorro até um determinado dia. O auxílio de tropas não vem, embora cheguem os víveres. Os ingleses não reconhecem isso como socorro e exigem a rendição. O que deve ser sacrificado, a fortaleza ou a criança? É a mulher do comandante que, depois de uma luta terrível e prolongada, convence o marido a manter a fortaleza, para honra de seu nome e para o serviço do rei. Vê-se como o conflito se desenvolve a partir de pressupostos bastante simples; a tragédia restringe-se à esfera doméstica. Os italianos jamais atingiram tal grau de elevação do sentimento.

Os resultados aqui obtidos correspondem de modo bastante preciso aos do primeiro capítulo. O período de florescimento da moldura social coincide com o do triunfo das mulheres, no qual elas reinam sozinhas e protagonizam a novela. Com o declínio dessa moldura, decai simultaneamente o seu domínio; no século XV, época da moldura doméstica, o homem dita o padrão e o conteúdo da narrativa; e, tal como ocorre na moldura doméstica, essa mentalidade é mais característica na França do que na Itália. As duas novelas que citamos por último pertencem, de acordo com a mentalidade e a sensibilidade, ao alto Renascimento; nelas as mulheres aparecem como iguais no que tange à capacidade de vivenciar algo e sofrer; elas aparecem, pela primeira vez, como "personalidades".

Quando, por volta de 1300, a tensão entre a tradição cavaleiresca e eclesiástica e a existência citadina e individual se tornou perceptível, a literatura carecia de uma atitude face ao mundo empírico que, de início, ela não possuía, nem poderia possuir. Para escrever uma novela (é disso que tratamos aqui) era preciso executar a seguinte tarefa: diante da variedade infinita dos acontecimentos sensíveis, devia-se fixar um acontecimento determinado e elaborá-lo, juntamente com seus condicionantes, de tal modo que expusesse de maneira representativa a variedade infinita. Isso não foi possível na Idade Média; por longo tempo a própria variedade dos acontecimentos, a mundanidade, não aparecia ao observador como algo concebível e enriquecedor, mas tão somente como alegoria. O mundo, tanto tempo abandonado, estava apartado do homem, e este, da mesma forma, dele se afastara; e, quando o homem novamente se voltou para o mundo, teve de fazer um esforço gigantesco para dominá-lo. Toda a sua estrutura se lhe tornara estranha; o homem não enxergava mais a quantidade infinita dos acontecimentos que se interpenetram e que juntos resultam num todo (a causalidade), mas apenas fatos isolados – um aqui, outro acolá – e, se conseguia juntar dois ou três, extraindo-lhes talvez uma doutrina moral, prostrava-se exausto e renunciava a apreender o todo. Isso resultava num alinhamento rígido e abstrato, que nada mais tinha da dimensão sensível da vida, podendo agradar ao sábio à procura de uma doutrina, mas não ao povo sequioso de uma abundância de prazeres sensíveis. Surgem assim os *exempla*. Eles não tratam dos acontecimentos, que são tomados de distintas fontes e, despojados de toda realidade concreta, apresentando-se a nossos olhos como esquemas. Todo o trabalho do autor consistia em mostrar uma ligação causal, da qual se extraía a doutrina. Nos modelos existentes, especialmente nos orientais, essa ligação estava como que dada: nos costumes da vida retratada ou no temperamento dos agentes; não ia muito além disso. Caso se preterisse o efeito *b* como consequência de *a*, favorecendo-se o seu contrário (-*b*), não havia nenhum problema: fazia-se uma segunda novela; tudo era um jogo, assim como se pode fazer de um motivo muitas canções populares. Já o autor dos *exempla* estava comprometido; ele precisava necessariamente apresentar *b* como resultado de *a*, pois precisava comprovar uma doutrina, que desmoronaria com –*b*. Por isso, sua estrutura era rígida como o metal. A atmosfera e a peculiaridade das personagens não podiam ser utilizadas, pois isso prejudicaria a validade absoluta do texto. Apenas a doutrina importava e por isso *b* era sempre o resultado de *a*. Nos *exempla* a questão central estava fora da narrativa propriamente; ela residia no ensinamento; não havia destino, mas providência, a qual não admite que o bem pereça. Na narrativa oriental isso era perfeitamente normal; ali havia a convicção de que os bens, a sabedoria e o bem-estar seriam idênticos. Essa conviccção, entretanto, é absolutamente não europeia e por isso faltam aos *exempla* todo e qualquer nexo com a realidade ocidental.[1]

O trabalho dos primeiros novelistas consistiu, de início, em fornecer à narrativa um núcleo próprio, de modo que ela pudesse se desenvolver sem o recurso da providência e da doutrina, ou seja, a partir do vínculo causal consciente dos acontecimentos. Assim que a própria narrativa passa a conter algo em função do que ela é narrada, adquire aquele acabamento e verdade terrena que a tornam uma obra de arte, uma novela. Esse algo foi, no *Duecento* italiano tardio, e sobretudo em Florença, a palavra falada com elegância, o *bel parlare*.

Em texto de Salimbene[2] narra-se a seguinte história de um certo *Frater* Detesalve:

> Caminhando num dia de inverno pela cidade de Florença ocorreu que, por causa de um pedaço de gelo solto, um frade caiu de chofre. Vendo o fato, os florentinos, que são grandes gozadores, começaram a rir. Um deles perguntou ao frade que caíra ao chão o que preferiria ter debaixo de si, ao que o frade respondeu que, evidentemente, era a

1 Quando se compara a história de Vergona (Cf. *La leggenda di Vergona*, editado por Alessandro D'Anconna. Bolonha: G. Romagnoli, 1869; cf. também Reinhold Köhler, *Kleinere Schriften* [Escritos menores], editado por Johannes Balte, 3 v. Weimar: E. Felber, 1898-1900, v. II, p. 190), com a lenda grega de Édipo, revela-se talvez do modo mais flagrante até que ponto a cristandade medieval debilitou a ideia de destino. A matéria de ambos é quase a mesma, mas Vergona e sua mãe vão ao papa, este a absolve e a esconde num convento, e tudo volta à normalidade. Para uma legenda piedosa isso é perfeitamente aceitável; no caso da novela e da tragédia esse desfecho seria uma monstruosidade.

2 Cf. a *Cronica fratris Salimbene de Adam ordinis Minorum*, in Oswaldus Holder-Egger (org.), *Monumenta Germaniae historica Scriptores*, v. XXXII. Hannoverae / Lipsiane: Imprensis Bibliopoli Hahniani, 1905-13, p. 79.

mulher de quem lhe perguntava. Ao ouvir isto, os florentinos não tiveram mau exemplo, mas cumprimentaram o frade dizendo: "bendito seja ele, porque é um de nós".

Não sabemos se esse é o exemplo mais antigo – Jacques de Vitry (*exempla* 17 ou 18, por exemplo) contém algo semelhante –, mas, com essa característica, com a importância que dá ao chiste, é praticamente único. O apreço florentino pelo uso da palavra elegante: esta é a origem formal da novela europeia, e, na Toscana, narraram-se centenas de histórias seguindo o modelo das *Facetiae* de Salimbene.[3] Quase todas as *Cento novelle antiche* são desse tipo, assim como a maior parte das histórias publicadas por Zambrini.[4] Aqui, mal se percebe a "variedade infinita dos acontecimentos". Os pressupostos são demasiado simples; os meios de expressão, demasiado frágeis. Mas, não obstante: é um dia de inverno, alguém tropeça e cai, os florentinos juntam-se à sua volta e fazem troça: uma verdadeira história, com início, sequência e final espirituoso. Aos poucos adquire-se mais confiança, aferrando-se sempre aos jogos de palavras, mas com evidente alegria diante do vaivém colorido, das premissas e da atmosfera; cenas de viagem e no mosteiro, no tribunal e na corte; um punhado de figuras históricas, sobretudo Frederico II, Ezzelino e Saladino, oferecem pano de fundo e vivacidade. A consideração a uma lição de sabedoria desaparece por completo; em relação a isso, comparem-se o tema do juízo sábio na *Disciplina clericalis*

3 Sobre os cronistas italianos cf. Bernhard Schmeidler, *Italienische. Geschichtsschreiber des 12. und 13. Jahrhunderts* [Cronistas italianos dos séculos XII e XIII]. Leipzig: Quelle & Meyer, 1909.

4 *Libro di novelle antiche*, editado por Francesco Saverio Zambrini. Bolonha: G. Romagnoli, 1868.

("Acerca dos dez tonéis de azeite") e a décima das *antiche novelle*: na primeira, tudo conflui na máxima ("Precavei-vos do vizinho mau!"); na segunda, num jogo de palavras ("Tu me darás aquilo que quiseres").

Na gênese da novela, não podemos atribuir um papel significativo ao *fabliau*, à farsa popular versificada. No que diz respeito à história dos assuntos, é possível extrair muita coisa do *fabliau*, embora as *Cento novelle antiche* tenham obtido de acontecimentos contemporâneos seus traços de maior efeito. Não obstante, uma consideração da história dos assuntos não nos parece adequada. O conjunto dos assuntos era comum; tudo era criado a partir dele: *exempla* e *novellino*, os *fabliaux* e o *Decameron*, e assim por diante, até La Fontaine. Decisivo é o modo de tratá-lo, e, neste ponto, falta ao *fabliau* tudo aquilo que é significativo para a novela. A farsa é o oposto do *exemplum*; enquanto este desloca o ponto central da narrativa para a doutrina e cria um mundo mecânico e abstrato, o *fabliau* é a dimensão sensível pura e amorfa. Sua técnica se apresenta do seguinte modo: sem se esforçar para dominar a realidade empírica, o *fabliau* toma uma situação realmente drástica, pouco importa qual, sem se preocupar com seus nexos causais, e muito menos com seu significado simbólico, e frui, até a saciedade, da alegria sensível em imagens amplamente expostas. Bédier diz a seu respeito: "contos em versos para rir".[5] É uma definição excelente. Não se deve refletir, nem se sentir humano ou compadecer-se, nem tampouco formular uma

5 Cf. Joseph Bédier, *Les Fabliaux*. Paris: Émille Bouillon, 1895, p. 6.

compreensão do mundo, mas apenas rir. A situação particular é tudo e, se for engraçada, será sempre repetida até que os espectadores pouco exigentes se sintam satisfeitos (*La Male honte* ou *Du Prestre qu'on portoit*, entre outros).[6] Os *fabliaux* são incrivelmente mal compostos, sem intensificação, sem ordem. Além disso, deve-se levar em conta que uma grande parte do material disponível provém de uma impressão do século XVI,[7] e o restante de manuscritos, aos quais o trabalho de cópia e a passagem do tempo cuidaram de conferir certa depuração: o recitante há de ter narrado de modo repetitivo, improvisado e confuso. A impressão não artística deixada pelos *fabliaux* não provém do estilo; este é de fato superficial, mas cheio de verve, e apresenta ocasionalmente passagens magníficas.[8] Tal impressão repousa simplesmente na ausência de composição. O *fabliau*

6 Cf. A. de Montaiglon; G. Raynaud, *Recueil général et complète des fabliaux des XIIIe et XIVe siècles imprimés ou inédits*, 6 v. Paris: Librairie des Bibliophiles, 1872-90, v. IV, pp. 1, 41.

7 Cf. J. Bédier, op. cit., p. 13.

8 Cito, à guisa de exemplo, uma introdução (em A. de Montaiglon e G. Raynaud, op. cit., v. IV, p. 154): "Foi na véspera de um Natal / ricamente festejado em muitos lugares: / foi na morada de alto barão, / que tinha com bom fogo o carvão: / e no meio havia um grande, / que a todos os outros se impunha. / Disse aos outros: 'Deixem-me ir / pois quero incendiar o mar; / com minha força e meu poder, / quero ir o mar incendiar: / e ele nunca mais dará arenque / solha, peixe nem merluza.' / E o que disse fez; / assim por fim foi até o mar. / Quando o viu, exclamou: / 'Mar, por Deus, vou te incendiar'. / Foi o que disse com sua voz mais alta, / 'Toma cuidado, vou te incendiar'. / Os carvões vêm e no mar pulam, / Todos se apagam e acabou-se o calor". Essa introdução liga-se, sem o menor cabimento, a algumas narrativas em torno do matrimônio – *du prè tondu* –, de maneira que o carvão deve supostamente exemplificar o rapaz antes e depois das bodas – comparação bastante cômica, mas de fato capenga. Vê-se como o todo é precário. Dentre os *fabliaux* que conheço, os melhores parcecem-me ser os compostos por Rustebeuf; por exemplo, o *Testamento do asno* (A. de Montaiglon e G. Raynaud, op. cit., v. III, p. 215). Mas novamente ele possui, em grande medida, o caráter de exemplo: o rico é sempre invejado. Somente as *Cent nouvelles nouvelles* (96) alcançam, por si mesmas, o clímax e o retrato de costumes.

parece-nos, sob todos os aspectos, constituir um fim, e nenhum começo: o fim de uma mentalidade que compreende o mundo terreno apenas como sensibilidade obtusa e o fim de uma forma que se contenta com a matéria bruta. Parece-nos também bastante característico o fato de que as primeiras novelas francesas, surgidas por volta de 1390, tenham sido elaboradas a partir de modelos italianos: o *Roman de Troilus*[9] e a novela de Griselda no *Ménagier*. O estilo do *bel parlare* tornou-se, no início do *Trecento*, paulatinamente mais rico e ousado. Do jogo de palavras chega-se à situação; chega-se mesmo à intriga simples; a história do falsário Giani Sticchi (sublinhada por Dante, *Inferno* XXX, 32) é desse tipo, a qual Zambrini publicou como a 67ª que inclui o clímax, e não uma imagem à qual se junta o clímax, tal como na narrativa de Salimbene ou na maior parte das histórias do *Novellino*. Buoso Donati morre; o testamento não agrada a seu filho Simone; este pede a Gianni Sticchi, excelente imitador, para se deitar no leito em lugar do morto e ditar um novo testamento; ele o faz e, diante de um notário e testemunhas, dispõe para si uma boa parte do espólio, enquanto Simone, premido pelo ódio e pelo medo, não ousa se manifestar.[10]

As antologias que contêm as novelas do *bel parlare* trazem ainda muitas histórias legendárias que lembram as velhas crônicas ou Jacopo da Varagine. São escritas de modo ingênuo e ralo, com frases que não se ligam umas às outras; mas todas têm seu próprio centro; jamais tratam

9 *Nouvelles françoises du 14ème siècle*. L. Moland e C. D'Héricault (orgs.). Paris: P. Jannet, 1858.

10 Puccini transformou recentemente esse tema profícuo em ópera.

de sabedoria, devoção, generosidade em geral, mas sim de um caso absolutamente individual, que será tanto melhor quanto mais inusitado for. O ponto de partida é sempre um jogo de palavras ou uma situação de clímax, e a exposição, de certo modo, desenvolve-se de maneira reversa. Por isso essas histórias produzem um efeito tão silêncioso quanto as velhas imagens. O motivo mantém-se bem definido, o fio tênue da ação estende-se linearmente, do mundo exterior não chega nenhum ruído; a história aparta-se do mundo, está sozinha e ri na cara do espectador.

Tudo muda de um golpe. A distância da imagem torna-se proximidade apreensível; chega um barulho muito variado, e temas até então imobilizados começam a estabelecer vínculos entre si e com o mundo sensível. Isso é Boccaccio. Também aqui ele deve tudo a Dante, o primeiro a juntar novamente mundo e destino. Tentaremos salientar as características essenciais da nova composição.

Vejamos de início a multiplicidade das imagens. Apenas nas primeiras jornadas há, por vezes, como assunto principal, uma determinada palavra ou uma determinada situação do tipo daquelas imagens serenas; porém, mesmo então, a novela não parte de um fato singular; ela transcorre antes no fluxo da vida contínua. A resposta de Guglielmo Borsieres – "mandem pintar para si a cortesia" (I, 8) – não é algo que se destaque por si mesma: primeiramente as personagens são introduzidas de modo pormenorizado, fala-se de velhos e novos costumes, segue-se uma visita por toda a casa, e só então, quando o avarento anfitrião pergunta, com gesticulação arrogante, se Guglielmo já tinha visto algo que não estivesse retratado no salão, este responde maldosamente, algo que se revela aos poucos na conversa – mas tais casos são muito raros; no mais das vezes o próprio tema é mais movimentado. A partir da 1ª novela da 1ª jornada, os mais antigos poderiam ter criado um grande número de novelas: em primeiro lugar, precisa-se de um gatuno para cobrar dívidas na Borgonha; em segundo, como alguém adoece no estrangeiro; em terceiro, a cena em que Ciapelletto ouve, às escondidas, a conversa de seu anfitrião e, em quarto, sua confissão e canonização. Seria possível prosseguir nessa divisão, e cada novela do *Decameron* poderia ser assim decomposta. A unidade do todo repousa no motivo cômico fundamental: que alguém tão ruim seja canonizado. Há aí uma espécie de superestrutura, um princípio que ordena as imagens isoladas; de uma imagem simples chega-se à composição de muitas imagens. De outra feita o motivo pode não ser cômico, mas trágico, como nas novelas da 4ª jornada; o motivo sempre envolve uma multiplicidade de imagens que se entrelaçam.

Também nas velhas narrativas há, por vezes, várias imagens; são quase sempre de histórias baseadas em modelos anteriores, como a dos magos diante de Frederico II. Para mostrar sua arte, promovem uma tempestade; pedem o conde de San Bonifatio como recompensa;

tomam-no consigo, ele empreende batalhas, casa-se, tem um filho; este já tem quarenta anos, decide ir ao imperador; chega depois de longa viagem: "que ainda bebia da água de que bebia quando o conde partiu com os mestres" (*Cento novelle antiche*, 21). É uma simples sequência de imagens destituídas de um princípio, uma coisa é posta tímida e apressadamente ao lado da outra e o leitor é surpreendido a cada uma delas; trata-se de uma pluralidade canhestra, tudo se desmancharia caso surgissem detalhes (como de fato acontece durante o *Quattrocento*, no *Paradiso degli Alberti*).[11]

Boccaccio fornece primeiramente o tema geral; na 5.ª jornada, por exemplo, sabe-se de antemão que haverá um desfecho feliz; se a 2.ª novela começa com a separação dos amantes, estamos certos de que eles se reencontrarão; doravante, sem receio de perder o rumo ou de nos levar a perder o nosso, ele pode trocar, ligar e contrastar as imagens; pois a verdadeira liberdade somente existe numa ordem de grau mais elevado. Quando Boccaccio escreve uma autêntica novela de aventura, como a de Andreuccio de Perugia (II, 5), o leitor ingênuo vê nela um jogo arbitrário; mal percebe que ela está totalmente predeterminada - pelo desfecho feliz, pela previamente anunciada concentração numa única noite, pelo tema fundamental: o comerciante da província e a prostituta napolitana. Boccaccio é livre apenas dentro desses limites, e apenas dentro deles uma tal liberdade é possível.

11 Cf. Giovanni da Prato, *Il Paradiso degli Alberti*. Alessandro Wesselofsky (org.), 3 v. Bolonha: G. Romagnoli, 1867, v. II, p. 180 (Maëstro Scotto).

Boccaccio vincula as imagens dos mais diversos modos, mas quase nunca faz de uma delas a questão principal; ele as contrasta ou deixa que se entrelacem; apenas raramente o princípio geral é novamente uma imagem, sendo antes uma ideia geral (a santidade fingida dos monges, a vaidade das mulheres, a força do amor sensual), um caráter (Ciapeletto, Calandrino) ou um ambiente (Nápoles, uma casa de camponeses). Se o tema implica a preeminência de uma determinada palavra ou imagem, ele busca o nivelamento de todos os modos (sobre isso: I, 8, da qual falamos acima, e I, 6, à qual retornaremos). Se, como quase sempre ocorre, não for esse o caso, ele ordena a peripécia com tranquilo equilíbrio; sem pressa, mas sem detença, presta a devida atenção a cada imagem. Uma imagem se desliga da precedente quando, de certo modo, está madura e o leitor já aguarda a mudança, podendo ao menos intuir um esboço da nova imagem. Não existe nenhuma ação desprovida de fundamento, não ocorre nenhum salto nem rigidez; a mulher convida seu amante apenas quando estão claras as razões para tê-lo arranjado e quando surge o momento oportuno; Calandrino deixa-se enganar depois que, passo a passo, a sua estupidez, que é ao mesmo tempo universal e especial, o conduz a isso. A existência de um tema – que não é idêntico a uma imagem, mas é algo mais geral – não conduz à primazia de nenhuma imagem; não são a singularidade absoluta nem o momento que conferem à novela seu valor, mas sim sua tipicidade e validade geral, segundo a qual um acontecimento vale por mil outros: não como *exemplum* de uma doutrina, mas como imagem do mundo.

O enriquecimento em imagens, criado por Boccaccio, permaneceu na novela, mas não a sua composição equilibrada. Nunca mais tivemos imagens isoladas nem múltiplas imagens simplesmente encadeadas;[12] mas sua uniformidade clássica, seu largo fluxo e, com isso, sua tipicidade logo se perderam.

A 6.ª novela da 1.ª jornada narra a história de um nobre que, em virtude de um comentário imprudente, cai nas mãos da Inquisição e tem de desembolsar um bom dinheiro para se livrar. Assim que surge uma oportunidade, vinga-se de modo engenhoso; fustiga a aguada hipocrisia (*brodaiuola ipocrisia*) dos monges fazendo uso divertido de uma citação bíblica: "vocês receberão, para cada um, cem". A passagem é escolhida de tal modo, que atinge em cheio a hipocrisia dos monges. Como na novela em geral, não se defrontam duas pessoas desejosas de pregar uma peça uma à outra, mas duas visões de mundo: os modos liberais do homem nobre (*valente uomo secolare*) e a pérfida estupidez da Inquisição. A composição desenvolve-se a partir dessas premissas gerais e não se baseia de modo nenhum apenas no efeito do gracejo, mas igualmente no modo da acusação, do suborno e da irritação contida do inquisidor depois do vexame. Em Sacchetti encontramos também uma farsa em torno da Inquisição (14, cf. também 116), mas

12 Esta última imagem é reencontrada ocasionalmente no *Quattrocento* tardio; por exemplo, em Giovanni da Prato.

seu fundamento não reside mais numa visão de mundo; para o narrador a natureza da Inquisição é tão indiferente quanto a do homem livre; aqui não há nada além de uma travessura, e seu efeito repousa inteiramente no fato de que o amedrontado Alberto fica paralisado no *da nobis hodie* ["dá-nos hoje"] e, em sua estupidez, faz disso uma Donna Bisodia. Basta retirar esse clímax e a novela desmorona, ao passo que na narrativa de Boccaccio, mesmo sem a resposta chistosa, permanece o valor como testemunho e imagem dos costumes. A mudança consiste simplesmente no fato de que Sacchetti não apresenta mais a totalidade de um processo ou um ponto de vista humano, mas, desde o início, faz de uma imagem ou uma palavra, em virtude de sua curiosidade (*novità*), o principal, subordinando todo o resto. Ele se diferencia dos predecessores graças a sua clara consciência, dispondo de uma riqueza de imagens e ligações; ele não oferece uma exposição inerte e frágil, mas personagens e ambiente muito vívidos, embora isso não ocorra em virtude deles mesmos, nem por sua validade geral como imagem da vida, mas sempre por causa de um determinado clímax, que imprime sua marca ao todo. A única "cobertura abrangente" que conhece é a denominação abusada das personagens (Dolcibene), que há também em Boccaccio (Calandrino); mas a novela isolada, nos autores posteriores, nunca mostra a transformação da vida de Dolcibene em toda a sua complexidade, revelando antes um único traço característico.

Em contraposição notável a esse modo de composição encontra-se a inclinação de Sacchetti pelas generalizações doutrinárias, às quais as novelas, na maioria dos casos, não se adequam, o que gera ocasionalmente inconsistências, como, por exemplo, na 190.ª novela.

Esse gênero de composição, que pretendemos denominar anedótico, foi, na Itália, muito mais exitoso que o de Boccaccio. Para se escrever na uniformidade clássica de Boccaccio era necessária uma amplitude da imagem da vida e um *éthos* tais como ele ainda possuía. Contudo, a moral social e amorosa (cf. cap. 2) se perdeu, e a forma anedótica oferecia muito mais: para o puro naturalismo, ela era o que havia para criar do modo mais efetivo as farsas locais, *beffe* e *motti* (Sabadino degli Arienti, Giovanni da Prato e outros). Os humanistas utilizaram-se dela para fazer valer, em língua latina, o "sal ático", e, em termos estritamente teóricos, é neles que encontramos sua perfeição máxima, a saber, nas *Facécias* de Poggio. Nele a história prévia é tratada de maneira totalmente taquigráfica; sua técnica consiste em resumir todos os pressupostos em duas ou três frases curtas, de modo que tudo conduza para o desfecho. O clímax "uma centena de vezes" aparece duas vezes em sua obra; tomemos uma como exemplo:

> Um sacerdote da cidade de Florença, durante o Ofertório que no dia tradicionalmente designado recebia do povo,

> disse aos oferentes aquela frase costumeira: "recebereis cem vezes mais e tereis vida eterna". Um ancião, chamado Nóbilis, que entregava o dinheiro, ao ouvir aquelas palavras, disse: "já estaria satisfeito, se pelo menos me fosse devolvido o 'capital', como o diz povo" (226).[13]

Por ignorância observa-se amiúde também um uso equivocado de palavras estrangeiras, à semelhança de *Donna Bisodia*; por exemplo: na facécia 101 ("Acima mencionado"), na 102 ("Vossa Ignorância"), na 251 (Essa tal "Epifania" não sei era homem ou mulher); por toda parte o desenvolvimento é abreviado, limitado ao mínimo necessário, como ocorre quando se conta um chiste. Naturalmente, a língua latina desempenha aqui papel importante; por vezes Poggio lembra realmente os *exempla*; diferencia-se deles apenas pelo fato de que o acento recai não externa mas internamente - no chiste, que é obtido com máxima e consciente agudeza.

Poder-se-ia talvez dizer que exemplos como os apresentados servem particularmente bem à intensificação do efeito; mas logo se percebe que, por volta de 1400, se obtêm esses clímaces em toda a Itália. E onde isso não ocorre o motivo desaparece. Giovanni da Firenzi faz suas novelas (desde que não sejam explanações históricas) culminarem numa situação determinada, de modo que todas deixam a impressão de uma elegância preciosista e algo pálida. O amante que, num gesto nobre, renuncia

13 Cf. P. Bracciolini, *Liber facetiarum. Les Facéties de Pogge*, 2 v. Paris: J. Liseaux, 1878, v. II, p. 157.

à amada porque o marido o recebeu em casa e cobriu--o de elogios; o jovem estudante que, sem o saber, testa com a mulher do mestre os ensinamentos amorosos que recebeu; a mulher sagaz no papel de juíza, onde se trata de uma torção do sentido das palavras, e assim por diante: todas elas carecem do fôlego e da validade universal dos conflitos de Boccaccio. Essas novelas baseiam-se sempre num acaso sutilmente engendrado; possuem puro valor de curiosidade e obrigam o narrador a deixar na sombra a história prévia, a fim de expor de maneira realmente elegante a situação tratada. O *Pecorone* ainda não conhece esse recurso artístico, é demasiado loquaz. Frequentemente o clímax do qual depende desenvolve-se somente depois de uma longa e pálida exposição. Sacchetti é o primeiro a empregar conscientemente a técnica espirituosa e, com isso, torna-se o criador da anedota. A crítica que lhe faz De Sanctis[14] parece-nos excessivamente dura; se não pela intenção, ele é um artista por instinto. Com ele a novela é configurada como uma situação notável, no mais das vezes uma resposta chistosa ou algo parecido, pondo de lado tudo aquilo que não serve imediatamente à argumentação. Mas para isso também servem o caráter do agente e a vida da época; por isso suas novelas lançam um brilho ofuscante sobre algumas pessoas importantes (um exemplo entre muitos: na 5ª novela, Castruccio Castracane) ou apresentam idiotas, bufões, covardes etc., numa configuração típica.

14 Cf. F. de Sanctis, *Storia della letteratura italiana*. Benedetto Croce (org.), 2 v. Bari: Laterza, 1912, v. I, p.333: "não é artista, nem por intenção".

Muitos traços o ligam ao *Novellino* (todos os seus príncipes renascentistas lembram um pouco *messer* Ezzolino; em realidade, foram formados à sua imagem, com a diferença de que este, nas *Cento novelle antiche*, aparece como um animal sinistro e monstruoso e aqueles, na forma de um cruel galhofeiro). Absolutamente decisiva é a satisfação com a intensificação do efeito, pela elaboração bela e bem delineada de uma personagem, uma ação, uma palavra, uma peculiaridade italiana, que já é característica em Salimbene. Um teórico das raças sentir-se-á talvez inclinado a atribuir o estilo comparativamente amplo e "pictórico" de Boccaccio ao sangue francês de sua mãe.

A 84ª novela de Sacchetti é a história costumeira de um adultério; de início, pode parecer que não há nenhuma diferença de composição com o *Decameron*, no máximo uma certa rudeza. Se, contudo, extrairmos do *Decameron* um exemplo paralelo - escolhendo, propositadamente, a mais engraçada de todas as suas novelas, a do amante no barril (VII, 2) -, vemos de imediato que, em Sacchetti, o todo é elaborado em torno do crucifixo; o restante, a procura, o entrevero com a mulher etc., é totalmente esquemático; interessa apenas a cômica fuga do amante. Uma tal intensificação teria sido intolerável para Boccaccio. A estada no barril é uma dentre várias situações; Boccaccio desvia o interesse do esconderijo, ao introduzir o motivo da limpeza, depois de ter, já antes disso, inserido uma conversa entre os cônjuges que não se relaciona em absoluto à situação, mas que possui interesse próprio (no *Decameron* o homem não suspeita de nada.) Não se diga que Sacchetti seja pouco criativo; ele apresenta motivos o suficiente, mas um deles é sempre o ponto culminante. No *Decameron* motivos e situações ordenam-se uns ao lado dos outros, todos com o mesmo valor e o mesmo direito; em Sacchetti, um deles domina.[15]

Nas *Facécias*, o clímax assumiu a primazia a tal ponto, que absorve todo o resto. Elas já não podem ser chamadas de novelas; assemelham-se a uma coleção de chistes. Ao narrar as novelas da madrasta (Sacchetti, 14; Poggio, 143), de um sermão cômico (Sacchetti, 22; Poggio, 38 e 44) e do embaixador esquecido (Sacchetti, 31 e 72; Poggio, 119) etc., Poggio procura, tanto quanto possível, reunir numa única frase a história prévia, as personagens e o ambiente, ficando claro que lhe importa apenas a palavra chistosa, o *facete dictum*. Quando aborda o motivo da mulher que se deita no lugar da amante do marido, não lhe basta o decurso novelístico; ele precisa necessariamente de algo picante, de um momento determinado no qual os ouvintes devem se concentrar; o modo como ele o faz é revelado pela leitura da facécia 85 (*Rossus de Riciis*). Dessa maneira produz-se naturalmente uma grande intensidade do efeito, porém à custa da naturalidade e do realismo verdadeiro. Se o escritor é também um ordenador da realidade empírica, essa sua atividade de "*abstracteur de quintessence*"

15 Ainda um exemplo: o do ladrão enganado. Em Zambrini temos apenas a intriga e o desfecho, narrados de uma vez; em Boccaccio (VIII, 10), é parte de uma história de amor, com o motivo habitual da moral amorosa ferida e vingada; em Sacchetti (198), serve à descrição do caráter de um cego astuto e maldoso.

não pode ir tão longe a ponto de a história se despojar de toda empiria; caso contrário, ele perde o contato com o nexo interno, com o ritmo dos acontecimentos; por isso o *Livro das Facécias*, malgrado todo o prazer proporcionado pelas palavras bem escolhidas, deixa, como um todo, uma impressão algo pobre.

O restante do século não acrescenta nada de novo à composição novelística na Itália: os autores do *volgare* que escrevem novelas elaboram o mais das vezes farsas que se utilizam do clímax, que quase sempre funcionam e amiúde exibem uma criação vívida, tal como Sabadino degli Arienti e algumas histórias do *Paradiso degli Alberti*. Mas, tão logo buscam compor um processo mais amplo, falham e se afogam no assunto. No *Paradiso degli Alberti* encontra-se a história de Fazio degli Uberti; trata-se do motivo de uma mulher que não se entrega a seu amante mas que, quando ele cai em desgraça, dá tudo para salvá-lo. Giovanni da Prato decompõe o assunto de maneira absurda: em primeiro lugar apresenta-se a cena amorosa, que, como imagem, é extremamente elegante (diálogo acompanhado pelo alaúde), mas baça e psicologicamente confusa; em seguida os destinos de Fazio são narrados longamente; a mulher é esquecida, nada mais ouvimos sobre ela, e então, subitamente, o autor pinça-a novamente para encerrar a história. Em meio a isso proliferam cenas palacianas e de caça, pequenas intrigas e cerimonial; fruímos o detalhe ociosamente, mas antes é preciso esclarecer racionalmente o motivo. Compare-se com ela a novela x, 4 do *Decameron*, que trata do tema inverso (a nobreza de alma do homem rejeitado): nela as histórias prévia e intermediária, o cortejo frustrado e a desgraça de Catalina podem ocupar todo o espaço que o assunto demandar. Do ponto de vista da organização Sermini não faz melhor; com razão denomina sua antologia "salada mista" (*insalatella*); socorre-se de uma acumulação pobre, força as situações até o intolerável, para servir lascívia a rodo,[16] sendo absolutamente incapaz de extrair algo mais de um motivo tão belo. Em determinado ponto ele trata do tema de Coriolano,[17] mas para expor a reviravolta anímica vale-se de uma aparição e preenche três quartos da novela com astúcia militar e suas consequências. O empobrecimento da psicologia, que impossibilita toda argumentação e efeito de contraste, bem como a tendência às cenas sujas, desprovidas de personagens individualizados, acaba por retirar dos *Motti* sua verdadeira força impactante. Compare-se, além disso, o tratamento do motivo *de puteo* em Boccaccio (VII, 4) e em Sabadino degli Arienti (45), no qual a argumentação é falha e o desfecho, arbitrário.

Masuccio[18] é provavelmente o mais importante talento novelístico no fim do *Quattrocento* italiano. Escreveu em Nápoles, fora portanto da região propriamente renascentista, e nele o conteúdo pleno de uma virilidade limitada, mas inabalável e cheia de vida, ainda encon-

16 Um exemplo: novela XXVI (*Maestro Gianobi da Firenze*): o tema da esposa que se põe no lugar da amante do marido, sem ser reconhecida, cf. Poggio, 85.

17 Novela VI, *Gallo de Belfiore*.

18 Cf. Jakob Burckhardt. *Die Kultur der Renaissance in Italien*. 10ª ed., 2 v. Leipzig: E. A. Seemann, 1908, v. II, pp. 85 ss. [ed. bras.: *A cultura do Renascimento na Itália*. São Paulo: Companhia das Letras, 2009].

tra lugar no emolduramento novelístico. Ele se limita, duro e sóbrio, à ordem sucessiva do processo, que sempre ocorre de um modo tal que o equilíbrio das relações humanas é abalado por alguma artimanha ou perfídia, com o que ele, Masuccio, de modo nenhum concorda.[19] Independentemente de o culpado vir a ser ou não punido, o tempo todo insinua-se a pergunta impaciente: ireis tolerar que vossos sacerdotes degenerados, governantes ineptos e mulheres pervertidas continuem fazendo o que fazem? Quando ele, de acordo com o gosto da época, elogia alguma artimanha especialmente refinada, logo acrescenta: o melhor, porém, é manter distância de rapazes excessivamente ardilosos (8). Sua eficácia repousa em grande medida no contraste entre sua mentalidade e seu gosto, pois este tende ao grotesco, perverso e arlequinal. Suas figuras assemelham-se a máscaras carnavalescas ou mesmo fantasmas; as intrigas e os clímaces em que suas novelas costumam atingir são o mais das vezes de uma crueza bizarra e engenhosa. Ele é incapaz de apresentar um homem correto, mas é um insuperável psicólogo da perversão. Confere uma feição inteiramente nova à novela do anjo Gabriel (*Decameron* IV, 2; Masuccio, 2), ao transformar a vítima, que de resto é uma mulher tola ou vaidosa, em donzela religiosa e histérica.

A novela italiana baseia-se no estilo do *bel parlare*. A inclinação para o clímax, para a formulação aguda da situação principal, de preferência em poucas palavras, é para

19 Ao contrário da inegável simpatia que Sacchetti, por exemplo, nutre por todos os gatunos.

ela, desde sempre, característica. Na França ocorre o contrário. A literatura do final da Idade Média recebera ali um rico legado da literatura popular e do estilo farsesco; e mesmo que, no conteúdo e na forma, logo a seguir a novela fosse coisa essencialmente nova (cf. *infra*), algo restou da técnica abrangente e pictórica do *fabliau*; as situações são mais concretas, a exposição é mais densa do que na Itália, e assim permanece até Rabelais.[20] Que, entretanto, as obras surgidas na França no fim do século XIV e no século XV sejam novelas, e não farsas medievais, é algo que será mostrado por um exemplo que vale por muitos: o tema da mulher com dois amantes. O *fabliau* (*Du Clerc qui fut repus derrière l'escrin*, de Jean de Condé, M. R. IV, p. 47) narra a história sem qualquer subdivisão: a mulher é "alegre e apaixonada", come e bebe junto com um *clerc*; bate-se à porta, entra um segundo *clerc* e ela passa a beber com ele; o primeiro, que se escondera, observa; chega então o marido, ela esconde também o segundo *clerc*; o marido tem fome, começam a comer, e assim por diante. Nas *Cent nouvelles nouvelles* (34) a novela baseia-se inteiramente na figura do marido e no clímax que ele suscita. Ele está, ao mesmo tempo, desconfiado e amedrontado; embora suspeitoso, deixa a casa; retorna, contudo, mais cedo, pelo mesmo motivo; ao ver a cama desarrumada, começa a fazer uma cena, mas, diante das respostas enérgicas da mulher, perde imediatamente a coragem e se retira novamente: "Aquele que está lá em cima pagará por tudo." É

20 Em contraposição ao ponto de vista de W. Küchler, "Die *Cent nouvelles nouvelles*", in *Zeitschrift für neufranzösische Sprache und Literatur*, que considera, por exemplo, *Les Cent nouvelles nouvelles* como essencialmente medievais, apoiamo-nos na crítica de Voßler, "Zu den Anfängen der französischen Novelle", in *Studien zur vergleichenden Literaturgeschichte*, 9 v. Berlim: A. Duncker, 1901-09, v. II, pp. 3 ss. A debilidade do trabalho de Küchler, a disjunção de história do assunto e técnica, é tão evidente que não precisamos avançar na questão.

lastimável como Jean de Condé se serve da constante repetição das cenas à mesa para produzir o clímax! Nas *Cent nouvelles nouvelles* ele flui, de modo natural e consequente, a partir do desenvolvimento como um todo.[21]

Voltemos ao ponto de partida: desde o início a novela francesa ofereceu uma exposição mais ampla do que a italiana. O clímax, a argúcia e o refinamento são coisa inteiramente alheia aos franceses do século XIV. Estes não diferem dos italianos muito mais do que os flamengos nas artes plásticas. A tendência para a exposição ampla e para a descrição de circunstâncias secundárias torna-se bastante evidente quando comparamos dois cronistas anteriores. Tome-se como exemplo *A batalha de Rosebecque*,[22] de Froissart, e seja-lhe comparada a narrativa de Campaldino, que se encontra em Giovanni Villani (livro VII, capítulo 131).[23] O italiano deixa as coisas correrem, ainda que de maneira inábil e um pouco obscura; é evidente seu esforço em fazer do essencial – a investida que Corso Donatis faz pelo flanco e as palavras do relato

21 Em Boccaccio a composição é muito mais elaborada (VII, 6). Ele vincula dois motivos, ao trazer como conclusão a história do perseguido. Mas também nos detalhes ele é mais rico em motivos e contrastes; promove primeiramente o contraste de ambos os amantes com o marido. O marido não satisfaz *Monna* Isabella; ela ama Lionetto; um terceiro, Lambertuccio, de quem ela não gosta, força-a ao amor fazendo-lhe ameaças. Certa feita, no verão, ela se encontra com Lionetto numa casa de campo; Lambertuccio descobre que o marido viajou, aproveita-se da ocasião e também aparece, e assim por diante. Desse modo fica explicado o fato de a mulher ter dois amantes e, depois, o encontro inusitado, o que não ocorre no *fabliau* e, nas *Cent nouvelles nouvelles*, ocorre de maneira muito superficial. Masuccio extrai da novela, por duas vezes (5 e 29), um efeito burlesco.

22 Cf. Jean Froissart, *Chroniques*, editado por G. Raynaud. *Societé de l'Histoire de France*, t. XI. Paris: Librairie Renouard, 1899, pp. 39 ss.

23 Cf. a *Chronique di Giovanni, Matteo e Filippo Vilani*, 2 v. Trieste: Sezione Letterario-Artistica del Lloyd Austriaco, 1857, pp. 161-62.

("levantem-se, pois os aretinos foram derrotados") - a pedra angular da exposição, enquanto o significativamente mais moço Froissart se afoga formalmente em detalhes ilustrativos: como Philip van Artevelde falando aos comandantes, como sua amada abandona a tenda à noite porque não consegue dormir etc.

O mesmo ocorre nos textos educativos, pois, embora as histórias ali narradas não devam ser mais do que *exempla* - e não são mesmo, pois sempre ilustram alguma doutrina -, tanto na exposição quanto no tratamento das personagens e dos objetos elas estão bastante distantes da frieza sumária com que os verdadeiros *exempla* tratam essas coisas. Pense-se em algum "embuste feminino" da *Disciplina* ou do *Dolopáthos* e compare-se-lhe o capítulo LXII do Chevalier de La Tour-Landry. Ele toma tempo para narrar as conversas do marido com a madrinha, introduz instrumentos de trabalho (rocas de fiar, ferramentas de sapateiro), acumula adjetivos na caracterização ("o prior era gordo, balofo, feio e grosseiro"), em resumo, procura ampliar seu campo e criar uma atmosfera. Isso se torna ainda mais evidente no *Ménagier de Paris*. Se, na Itália de fins do século XIV, ainda se escreviam novelas de formação (como, por vezes, Sercambi), elas eram imitações presas a Boccaccio e com uma aridez de estilo que testemunhava o desinteresse completo. Mas, se lermos a novela de Griselda, no *Ménagier*, por exemplo, é possível que o prefiramos a Boccaccio. Pelo menos ela é consideravelmente mais ampla, não se deixa orientar apenas pelo desfecho e contém uma variedade de novos pormenores. Podemos reprovar a descrição geográfica de Salerno e coisas semelhantes como didatismo, mas a própria caracterização de Gaultier (quer-se casá-lo para que se torne sensato e se ocupe mais dos assuntos de governo), a notoriedade das virtudes domésticas de Griselda como esposa (no *Decameron* ela é chamada apenas "agradável e educada") e uma porção de detalhes similares mudam a fisionomia da novela. Mas, sobretudo, há dois pontos principais: a participação muito mais viva do povo, à qual se deve vincular a transformação do "pobre homem" Jehannicola, e a recriação magnífica da cena em que Griselda, após a expulsão, despede-se de seus acompanhantes. Parece-nos que justamente essa novela ganhou muito na França; tal tema está mais próximo dos franceses, como cremos ter mostrado no capítulo anterior. Mas, seja como for, é incontestável a viva amplitude da exposição em comparação com Boccaccio, que, sem dúvida alguma, é o de maior amplitude entre os italianos. O mesmo se passa nas curtas narrativas do *Ménagier*, que quase sempre tratam de um evento contemporâneo; a finalidade didática jamais conduz à aridez; a visada sensível é sempre vívida.

Mais tarde, quando a didática já esgotara seu papel na narrativa em prosa francesa e as coisas passaram a ser expostas em virtude de seu valor intrínseco, a novela ganhou ainda maior amplitude. A didática exige involuntariamente um certo clímax, justamente por partir de um ponto de vista racionalista e teleológico. Tão logo se excluiu a finalidade, a novela francesa se tornou descrição de situação, em que a amplitude da exposição era tudo, enquanto o processo e o desfecho nada mais significavam. Essa técnica, que utiliza qualquer evento apenas como pretexto para descrever uma situação, não é menos empregada nas *Quinze joyes* do que nas famosas narrativas de ambiente no século XIX. Por mais rígida e uniforme que seja a composição das *Quinze joyes* como um todo, a organização interna das novelas isoladas é frouxa e grande parte de seu efeito baseia-se nesse contraste. Tudo o que ocorre, ocorre apenas como exemplo ("às vezes acontece"). Tudo também poderia ter acontecido de outro modo; o essencial, em todos os casos, é apenas o estado de ruína doméstica, que sobrevém infalivelmente (cf. capítulo 1). O processo é dissolvido a tal ponto nas situações isoladas, que as *Joyes* mal sustentam o caráter de novela; comparem-se neste ponto a 7.ª *joye* e a 139.ª facécia de Poggio. Nesta, o rígido processo culmina na resposta ambígua do marido; naquela, o acontecimento dissolve-se numa multiplicidade de pressupostos, circunstâncias concomitantes e consequências, de modo que, finalmente, despojado de qualquer efeito autônomo, ele é apenas um elo na cadeia das humilhações masculinas.

Não poderíamos explicar a composição comparativamente mais arguta das *Cent nouvelles nouvelles* senão pela influência das antologias italianas de novelas. Contudo, explicar não é a nossa tarefa. Contentamo-nos com constatações e descobrimos que as *Cent nouvelles nouvelles*, comparadas ao restante da arte narrativa francesa, são rigorosas e dirigem-se ao clímax, e, comparadas com os italianos, parecem mais amplas. A própria estrutura da obra produz certa intensificação das novelas isoladas: uma coleção destinada ao divertimento de um grupo de homens, portanto, não muito diferente de Poggio.[24] Naturalmente, é preciso que haja sempre um clímax evidente, um momento em que toda a *corona* começa a rir. Neste ponto reside a diferença entre o "povo" e a sociedade. O povo ri da situação cômica, da matéria bruta daquilo que é divertido; a sociedade exige uma formulação mais apurada: só a pancadaria, o comer e beber e as cenas rudes de amor não bastam.[25] Já tratamos disso, ao abordar o *fabliau Du Clerc qui fut repus derrière l'escrin*; apresentaremos ainda um exemplo; há uma porção deles e, se examinarmos as comparações e indicações de Küchler,[26] encontraremos uma rica seara (especialmente nas novelas 1, 2, 29, 34, 38, 39, 65, 78 e 85). A 20.ª novela das *Cent nouvelles nouvelles* utiliza um velho tema (o esclarecimento do marido ingênuo), que se acha, entre outros, também num *fabliau*: *De la sorisete des Estopes*.[27] Nos dois casos a comicidade grosseira de uma história bem pouco provável é cabalmente explorada. O *fabliau* traz como solução uma nova história, em si mesma absurda, porém bastante cômica, a do transporte do ratinho, a qual, por

24 Cf. W. Söderjhelm, "La Nouvelle française au 15ème siècle", in *Bibliothèque du XVe siècle*, t. XII. Paris: H. Champion, 1910, p. 112.

25 Cf. a exposicão, equivocada em nosso ver, de W. Küchler, op. cit., v. XXXI, p. 79.

26 Id., ibid., v. XXX.

27 Méon, v. I, 310; cf. também *Du Sot chevalier*, de Montaiglon, v. I, 220.

sua vez, produz uma situação cômica e não se encerra necessariamente, podendo ser prolongada à vontade. Em nossa novela o motivo da cura conduz naturalmente ao desfecho, e o efeito se concentra na exclamação grotesca do marido: desse modo ele poderia ter salvado da morte também seus pais. Da comparação proposta por Küchler entre a 60ª novela (as mulheres tonsuradas) e uma aventura similar, narrada por Chastellain,[28] conclui-se que as *Cent nouvelles nouvelles*, mesmo se comparadas com a prosa francesa coetânea, são elaboradas de maneira muito mais rigorosa. "O historiógrafo Chastellain reproduz com seriedade a matéria, com amplas considerações morais e conclusões políticas e religiosas, convicto da realidade do ocorrido. O novelista condensa fortemente os acontecimentos, utilizando-os quase que exclusivamente como introdução a seu motivo burlesco: a bem-sucedida vingança de um dos cônjuges."[29] Não é possível expressar isso de modo mais claro; contudo, não se pode contrapor o historiógrafo ao novelista, mas sim a novelística francesa à novelística italianizante.[30] Pois seria possível recorrer - tanto quanto a Chastellain - à arte narrativa circunstanciada e desprovida de clímax[31] de Antoine de La Sale, ou às *Quinze joyes*.

Se, ao contrário, confrontarmos as *Cent nouvelles nouvelles* com os italianos, elas parecerão grosseiras, amplas e frouxas na composição; elas são frequentemente muito mais ricas em detalhes e o clímax parece como que fixado.

28 Cf. Georges Chastellain, *Oeuvres*, editado por Kervyn de Lettenhove, 8 v. Bruxelas: F. Henssner, 1863-66, v. II, pp.210 e seguintes.

29 Cf. W. Küchler, op. cit., v. XXX, pp.310 ss.

30 Cf. W. Söderjhelm, op. cit., pp.113 ss.

31 Antoine chega ocasionalmente a clímaces, mas em meio à narrativa e sem lhes dar relevo.

Isso é muito evidente nas inúmeras novelas cujo tema se encontra também em Poggio. Destaco algumas que ainda não tiveram ocasião de ser mencionadas.

Novela 79 (o enema utilizado para reencontrar o asno). Poggio (87) não sabe o que fazer do assunto; trata-se de uma narrativa árida e improvável do ocorrido. Por outro lado, nas *Cent nouvelles nouvelles* a cena é magnífica: o médico está ocupado, não presta atenção ao que lhe é dito, quer apenas se livrar do paciente: "Faça-lhe um clister".

Novela 80; Poggio, 43: "E dizendo isso segurava o braço direito pelo cotovelo e o balançava muitíssimo"[32] (*Aselli priapus*).

Novela 86; Poggio, 62. Nas *Cent nouvelles nouvelles* um rico retrato familiar com a cena do tribunal; em Poggio isso é sumarizado no clímax, quando, passado apenas um mês, a mulher diz: "Se puderes, poderá usar do par aquele maior".

Novela 88; Poggio, 10 (os falsos gendarmes). Poggio apresenta apenas a estrutura da história, com um elegante desfecho de contraste. As *Cent nouvelles nouvelles* tornam centrais a introdução, a fundamentação e a peripécia. Detalhe importante: a mulher conversa com o marido que retorna, como se ele fosse um gendarme.

Novela 89; Poggio, 11. Este último limita-se novamente ao essencial na preparação; basta-lhe o gracejo de personificar o *Carnisprivium* e a *Quadragesima*, que se atrasam por causa do mau tempo e do caminho difícil. Nas *Cent nouvelles nouvelles*, em vez disso, temos o susto do padre que

32 Cf. *Les Cent nouvelles nouvelles*, in *Bibliothèque elzévirienne*. Thomas Wright (org.), 2 v. Paris: P. Jannet, 1858, v. II, p. 145.

retorna esbaforido; ele chama imediatamente os seus e apenas depois de estes resmungarem contrariados narra a história da Quaresma, que apresenta todos os traços de algo inventado às pressas. Ele próprio ceara com ela!

Novela 91; Poggio, 49. Mais uma vez Poggio não apresenta nada senão o clímax (como corrigir uma mulher). Nas *Cent nouvelles nouvelles* a mulher, com vulgar franqueza, encara sua própria disposição como destino natural, que não pode evitar. Sua resposta: venha simplesmente, se puderes. Cf. a boa análise de Küchler.

Novela 92; Poggio, 78. Mulheres querelando: em Poggio, uma cômica questão de doutores; nas *Cent nouvelles nouvelles*, uma rude cena flamenga, em que mulheres tolas se deixam lograr.

Novela 93; Poggio, 66. Neste, um *facete dictum*; naquela, uma história familiar comum e ampla, baseada em negociação: deixo-te à vontade para me traíres, tu me deixas beber à vontade.

Em tudo as *Cent nouvelles nouvelles* são mais detalhadas, vivas e fortes; falta-lhes, em compensação, a fina elegância dos contrastes, própria de Poggio. Dentre os italianos mais antigos, Sacchetti é o mais próximo do livro francês. O caráter popular, certa inclinação para o grotesco, uma preferência por sumarizar o desenvolvimento a uma situação que é sensualmente viva e não, como em Poggio, um mero *facete dictum*: tudo isso é comum a eles.[33] É mais fácil sentir do que formular aquilo que as diferencia. Decerto isso consiste

33 Cf. W. Söderjhelm, op. cit., p.227.

no fato de Sacchetti ser mais fluente e uniforme na exposição e mais afiado no desfecho. Ele desenvolve os acontecimentos cuidadosamente rumo ao clímax, enquanto o francês avança aos trancos; este preza a ampla exposição da cena singular, da qual não consegue se separar; por isso seu ritmo é lento e irregular. Mesmo seu clímax, por mais efetivo que seja, parece amplo e pesado diante da perfeição de Sacchetti.

Ambos narram uma história de incesto; em Sacchetti (14) trata-se da madrasta, nas *Cent nouvelles nouvelles* (50), da avó. A espirituosidade francesa é certamente mais efetiva.[34] E, contudo, a novela não é escrita somente em função do clímax, mas pelo menos e em igual medida pelo prazer das cenas amorosas cômicas, inusitadas para os padrões da época. Esse efeito falta em Sacchetti; ele vai direto ao clímax, oferecendo em compensação uma boa fundamentação psicológica sobre como se estabelece a relação entre a madrasta e o enteado. O francês não se preocupa com isso; ele mal percebe a improbabilidade da situação.

Lembremos ainda a *Novela de Talbot* (5); Sacchetti tem muitas histórias semelhantes; tomo a primeira delas, a de Castruccio Interminelli (5). Trata-se, em ambos os casos, de uma ideia espirituosa dos comandantes para punir um subordinado presunçoso, levando ao cúmulo as absurdas regras que eles mesmos dispõem. Mas, nas *Cent nouvelles nouvelles*, a novela desemboca numa cômica cena de

34 Cf. W. Küchler, op. cit., v. XXX, p. 305.

pancadaria, em função da qual o todo foi escrito. Compare-se a ela a argúcia fria e cortante de Sacchetti: ele precisa de dez linhas para narrar como Interminelli, em virtude de uma presunção inocente, leva "seu fiel criado" à morte: "quero que se preparem para combater com os vivos, não com os mortos". O que encanta Sacchetti é a antítese rigorosa;[35] aos franceses, a ampla comicidade.

Também em ambas encontramos a narrativa dos três ensinamentos do pai moribundo (Sacchetti, 16; *Cent nouvelles nouvelles*, 52) e uma série de *beffe* (por exemplo Sacchetti, 25; *Cent nouvelles nouvelles*, 76). Em tudo Sacchetti é superior ao francês na condução consequente e na agudeza do clímax; o autor das *Cent nouvelles nouvelles* demora-se nos detalhes; nele, amiúde a ligação dos fatos apenas se torna plausível a partir do ambiente como um todo, mas é insuperável quando se trata de extrair o máximo possível da situação cômica.

A natureza da amplitude francesa torna-se ainda mais evidente ao evocarmos Boccaccio; diante de sua fluência maleável, até mesmo Sacchetti parece duro. Aquilo que é comum a Sacchetti e às *Cent nouvelles nouvelles*, o caráter popular e o clímax, falta ao clássico e aristocrático Boccaccio. Em compensação, de modo similar ao francês e em oposição a Sacchetti, Boccaccio é amplo e demorado na exposição da situação.

Tomemos inicialmente um exemplo bastante conhecido. A famosa novela do anjo Gabriel (*Decameron* IV, 2) é a

35 Cf. a esse propósito J. Burckhardt, op. cit., v. I, pp. 166 ss.

de número 14 nas *Cent nouvelles nouvelles*, na qual ela é tão modificada, que o leitor tem a impressão de passar de uma praça ampla e movimentada para uma viela acanhada. Na novela de Boccaccio, Veneza inteira se agita, trata-se de um autêntico carnaval; na versão francesa, diferentemente, há apenas três personagens; no *Decameron* as situações cômicas se precipitam, cada uma com uma variedade de detalhes psicológicos, enquanto no texto francês uma única situação é explorada até a exaustão. Naquele o resultado é a fuga e a punição; neste tudo é sumarizado no efeito farsesco do desfecho: é uma moça! Além disso, é a opinão pessoal de Boccaccio contra os monges e os venezianos que dá o tom; nas *Cent nouvelles nouvelles* é uma história como outra qualquer. Caso se queira resumir, o melhor que se pode dizer é que a diferença entre o *Decameron* e as *Cent nouvelles nouvelles* reside essencialmente na velocidade do movimento. A obra francesa, não menos ampla e sensual, é incomparavelmente mais densa e pesada, apesar do clímax. Nela a amplitude provém inteiramente dos fatos materiais; quase não há movimento e psicologia. Boccaccio trata a história material com absoluta soberania; ele a torce e a emprega a seu talante e dirige toda a sua atenção ao movimento e à psicologia. Nas *Cent nouvelles nouvelles* as mulheres são devotas e limitadas; Boccaccio elimina completamente a devoção, põe em seu lugar uma superstição grotesca e a situa no modo completamente individualizado da vaidade obtusa de sua heroína (cf. a histérica fanática de

Masuccio, 2). O eremita é um santarrão lascivo; com isso, bem ou mal, está caracterizado, assim como as *Cent nouvelles nouvelles* o fazem; mas para reproduzir a sensualidade espreitante do *frate* Alberto seria preciso copiar Boccaccio. Basta lembrar a cena na qual a mulher diz ao eremita que lhe bastaria mirar o próprio peito para encontrar as marcas dos beijos que ela dera no anjo Gabriel; e ele responde: "Então hoje farei algo que não faço há muito tempo: vou me despir para ver se a senhora diz a verdade".[36]

Boccaccio nem sempre teve a possibilidade de apresentar uma tal riqueza de feições. Mas sempre foi capaz - embora não dessa maneira - de pôr em movimento o material fático, de modo que este parece dançar. Na história do marido como confessor (*Cent nouveles nouvelles*, 78; *Decameron* VII, 4), Boccaccio arranja as coisas de tal modo que, de antemão, contemplamos toda a intriga (ela é a fusão de dois motivos); nós a percebemos uma vez que a mulher reconhece imediatamente o disfarçado, tirando partido dessa situação. Assim, movemo-nos sem dificuldades no vaivém da peripécia, enquanto nas *Cent nouvelles nouvelles* as frases avançam tateando passo a passo, uma depois da outra, até que, finalmente, somos surpreendidos pelo desfecho abrupto (não nos parece que a contraposição feita por Küchler toque no essencial).

As histórias do homem no armário (*Decameron* IV, 10; *Cent nouvelles nouvelles*, 27) ou do marido satisfeito (*Decameron* V, 10; *Cent nouvelles nouvelles*, 43), por exemplo, são

36 Cf. *Il Decamerone*, op. cit., v. I, p. 286.

instrutivas para compreender o modo como Boccaccio vincula diferentes motivos a fim de criar um movimento variado na narrativa.

O que foi dito a respeito do ritmo lento nas *Cent nouvelles nouvelles*, do fluxo arrastado da exposição,[37] vale em maior medida para o restante da arte narrativa francesa da época. As *Quinze joyes* possuem até mesmo uma "multiplicidade de feições" interna, que anda de par com o dinamismo exterior de Boccaccio, mas carece de toda ligeireza.

Na segunda metade do século, o rigor da composição desapareceu completamente na França. Intervém então o estilo cronista, rompem-se os limites da exposição novelística e os escritores propõem-se tarefas para as quais não estão tecnicamente maduros. Isso vale tanto para a obra tardia de Antoine, cujo talento composicional ademais não era dos mais notáveis, quanto para, por exemplo, o encantador e anônimo *Jehan de Paris*. Como exemplo para essa composição afrouxada do fim do século XV, citamos o *Réconfort* de Antoine, que mencionamos de modo elogioso noutra ocasião. Ele é terrivelmente mal construído. A própria divisão em dois ou, se quisermos, três heróis, que não é intencional, confere à obra um caráter canhestro. A isso acrescem o duplo cenário, a passagem desarticulada de um para o outro e a inábil introdução da vingança do senhor Du Chastel. A segunda novela, em si mesma rala e descolorida, está impregnada de lembranças histórico-anedóticas, que a tornam completamente intragável.

37 Cf. W. Küchler, op. cit., v. XXXI, p. 64: "a dura luta contra a matéria".

O movimento desemboca, finalmente, por um lado, em Commynes, por outro, em Rabelais, cujo horizonte ultrapassa em muito as possibilidades da pura novela. Quando, por volta de 1530, esta ressurge com Margarida de Navarra e Bonaventure des Périers, já apresenta uma nova feição. Especialmente em Bonaventure o elemento gaulês mantém-se na matéria e no temperamento. Mas, na infraestrutura humanístico-filosófica, na liberdade de composição e sobretudo na rica matização do estilo e do delineamento das personagens, podemos reconhecer o caráter de uma nova época, que respira de modo mais livre e profundo. Isso, contudo, extrapola os limites de nosso trabalho.

Inicialmente, era nossa intenção introduzir ainda um quarto capítulo, que deveria tratar do estilo. Porém, logo percebemos que uma comparação essencialmente sintática, envolvendo três ou até mesmo quatro línguas (teríamos naturalmente de acrescentar o espanhol), estaria acima de nossas possibilidades. Esperamos voltar a essa matéria futuramente.

Se, ao tratarmos da novela, procuramos substituir a abordagem comparativa do assunto e das fontes históricas por uma abordagem crítico-formal, isso se deu por considerarmos que o tempo estava maduro para isso. A história das fontes, assim nos parece, já foi promovida, tanto quanto possível, em vista da série infinda com que deparamos em toda ciência do gênero. Seria inútil conciliar teorias, e decerto de pouca valia. Na crítica formal ou mesmo na comparação formal, que se apoia na primeira, praticamente nada se fez com relação à novela. É certo que frequentemente confrontam-se duas novelas (o mais das vezes apenas com vistas à história do assunto), mas parece faltar uma exposição que, a partir de uma grande variedade de exemplos concretos, estabeleça pontos de vista gerais.

No último capítulo de nossa investigação salientamos vários tipos de composição. A partir da primitiva narrativa do *bel parlare*, que contém uma imagem simples – por vezes uma série de imagens alinhadas –, desenvolve-se o estilo múltiplo, móvel, regularmente acentuado de Boccaccio. No século seguinte a ênfase se desloca, na Itália, rumo a um clímax determinado, e surge o estilo anedótico de Sacchetti e Poggio. A França apresenta esse estilo apenas nas *Cent nouvelles nouvelles*, que, acreditamos, foram influenciadas pelos italianos.

Reconhecemos a peculiaridade formal dos franceses na exposição ampla e demorada das situações; portanto, também aqui, na forma modificada da dimensão sensível. Ao estilo rico e dinâmico de Boccaccio correspondem a perfeição da moldura social e as mulheres como protagonistas; ao estilo anedótico, a atrofia da moldura e a cética misoginia; a uma imagem ampla da situação, a moldura doméstica e a observação da mulher, não em sua atividade social, mas doméstica e anímica; nos dois últimos casos os homens tornam-se protagonistas. No curso do desenvolvimento observado a novela italiana perde cada vez mais o chão sob seus pés. Desaparece a forma da sociedade sobre a qual fora fundada e, depois de Sacchetti, ela não mais alcançou uma viva dimensão popular. De modo inverso, ainda muito depois de 1500 a arte narrativa francesa manteve-se estreitamente ligada à índole da nação.

O motivo para tanto decerto deve ser visto no fato de que, apesar de Maquiavel, a ideia nacional na Itália do Renascimento deixa de existir por longos séculos. De Dante a Sacchetti era-se italiano e florentino num sentido muito diferente daquele em que, por exemplo, Leão x ou Michelangelo ainda puderam-no ser, e em Ariosto e Tasso mal se observa um vínculo com a nação. Na França, de modo contrário, a ligação entre o homem e a terra desenvolveu-se, até os dias de hoje, de maneira sempre mais sólida, e também por meio de uma história de sua arte narrativa seria possível reconhecer o que a França significa em termos de história universal e de história do espírito: a expressão mais forte da individualidade nacional.

POSFÁCIO

A ESTREIA DE ERICH AUERBACH NOS ESTUDOS LITERÁRIOS

LEOPOLDO WAIZBORT

1

Erich Auerbach (1892-1957) iniciou-se nos estudos literários com esta tese, intitulada *Sobre a técnica da novela nos inícios do Renascimento na Itália e na França* [*Zur Technik der Frührenaissancenovelle in Italien und Frankreich*], defendida e publicada em 1921. Aos 29 anos, já estava "velho" para um doutorado, mas isso tinha sua razão de ser.

Auerbach nasceu em Berlim, onde teve uma infância tranquila por volta de 1900, protegido em meio a uma família judia, burguesa e assimilada. Estudou no Ginásio Francês, fundado por aqueles huguenotes que, expulsos da França, receberam acolhida do soberano prussiano ao final do século XVII. Lá aprendeu o seu francês impecável e descobriu a literatura francesa, que jamais abandonaria e sobre a qual, mais tarde, viria a escrever alguns textos decisivos. Sua vida profissional, entretanto, tomou de início outros rumos: ao terminar o ginásio, ele direcionou-se para uma das carreiras usuais dos judeus assimilados do Reich, aos quais o serviço público estava informalmente interdito: a medicina e o direito, as duas principais profissões liberais que garantiam uma existência burguesa aos judeus. "No outono de 1910 concluí o Ginásio

Francês e estudei, então, jurisprudência em Berlim, Freiburg, Munique e Heidelberg, onde, em 30 de outubro de 1913, defendi publicamente a tese de doutorado."[1]

Como era usual na época, o estudante circulou por diversas universidades, sem ficar preso somente às aulas de direito: em 1910, assistindo às aulas do historiador da arte Heinrich Wölfflin, teve como colega de classe Erwin Panofsky, que reencontraria muitos anos depois nos Estados Unidos; em Freiburg acompanhou curso de Heinrich Rickert, um dos filósofos influentes do momento; em Munique mergulhou na história econômica de Lujo Brentano; tudo isso sem descuidar, é claro, dos estudos jurídicos. As marcas dessa formação variada desempenhariam posteriormente papel importante em seu trabalho. A tese de doutorado, por seu lado, fugia um pouco do figurino, escrita com um refinamento incomum e encontrando até mesmo pretexto para inserir um Dom Quixote em meio à discussão do novo código penal alemão e das modalidades de atribuição da culpa.[2]

Mas algo não o satisfazia e imediatamente após obter o título de doutor Auerbach transferiu-se para a Faculdade de Filosofia; já no verão de 1914 reiniciou os estudos em Berlim, mas agora na área de filologia românica. E, então, a Grande Guerra. Auerbach apresentou-se de ime-

1 Erich Auerbach, "Lebenslauf", in *Die Teilnahme in den Vorarbeiten zu einem neuen Strafgesetzbuch. Inaugural-Dissertation zur Erlangung der Doktorwürde der Hohen juristischen Fakultät der Grossherzoglich Badischen Ruprecht-Karls-Universität in Heidelberg vorgelegt von Erich Auerbach.* Berlim: Juristische Verlagsbuchhandlung Dr. jur. Frensdorf, 1913, p.46. Cf. também o currículo de 27/04/1929 em M. Vialon (org.), *Erich Auerbach Briefe an Martin Hellweg (1939-1950).* Tübingen / Basel: Francke, 1997, p.34.

2 Devo ao professor Werner Schubert, da Universidade de Kiel, em correspondência de 05/12/2005, a avaliação do caráter incomum da tese de Auerbach no contexto das teses de direito da época.

diato como voluntário, algo bastante comum entre os jovens judeus, que assim comprovavam, para si e para os outros, sua assimilação à nação e ao povo alemão. "Com a eclosão da guerra tornei-me soldado e estive no front de dezembro de 1914 a abril de 1918, inicialmente no 2.º Regimento dos Ulanos [cavalaria], posteriormente no 466.º Regimento de Infantaria."[3] Auerbach atuou nos fronts oriental e ocidental, onde, em abril de 1918, foi gravemente ferido. Recolhido a um hospital militar, ao receber alta a guerra já havia terminado. Após a convalescença, retorna, quatro anos passados, ao estudo de filologia em Berlim, onde se torna aluno de Erhard Lommatzsch e Max L. Wagner (filologia românica), Eduard Norden (filologia clássica) e Ernst Troeltsch (filosofia); sobretudo Norden e Troeltsch marcaram-no profundamente. Em 1919 dirige-se a Munique para assistir aos cursos de Karl Vossler, mas chega tarde demais: a cidade ferve em meio à Revolução. Mesmo assim, consegue retomar o contato com o antigo professor de história da arte, Wölfflin. Ao retornar a Berlim, é nomeado estudante *senior* do seminário de filologia românica, uma espécie de tutor universitário, cargo que ocupa até se doutorar novamente em 1921. Contudo, o doutoramento, em 1921, ocorre em Greifswald, para onde seu orientador, Lommatzsch, se transferira, após mudanças na cátedra de filologia românica na Universidade de Berlim. É nessa cidade hanseática, às portas do Báltico, que Auerbach se doutora pela

3 E. Auerbach, Currículo de 27/04/1929; K. Barck, "Erich Auerbach in Berlin. Spurensicherung und ein Porträt", in K. Barck e M. Treml (orgs.), *Erich Auerbach. Geschichte und Aktualität eines europäischen Philologen*. Berlim: Kadmos, 2007, p. 199.

segunda vez, em 21 de novembro de 1921, com o livro que o leitor tem em mãos.

Com o título, Auerbach se qualificara para atuar na área de filologia românica, mas era velho demais para seguir o caminho usual de uma carreira universitária. Ele procurou caminhos alternativos. Além de viajar bastante e traduzir, sobretudo do italiano, além de começar a publicar artigos em jornais, Auerbach voltou a Munique para contatar Vossler, o mais destacado romanista da época, entregar-lhe sua tese e assistir a suas aulas. Em 1923 casou-se com Marie Mankiewitz, filha de um milionário; como a família de Auerbach já era abastada, desde então ele deixou de ter qualquer preocupação financeira, até ser aposentado compulsoriamente pelos nacional-socialistas, em 1935, e forçado a emigrar no ano seguinte.

Em 1923 nasceu o único filho do casal, Clemens, e Erich Auerbach passou a trabalhar na Biblioteca Estatal Prussiana, onde permaneceu até 1929, quando se habilita (um concurso público, no sistema alemão, que abre o acesso à carreira de professor universitário) com uma tese intitulada *Dante como poeta do mundo terreno* (que também será publicada em breve pela Cosac Naify) e é nomeado professor de filologia românica na Universidade de Marburg.

Esses traços biográficos oferecem um enquadramento para o estudo de 1921 sobre os inícios da novela na França e na Itália. Mas, antes ainda de destacar os aspectos centrais dessa tese, precisamos nos familiarizar um pouco com o campo disciplinar a que Auerbach se voltara ao abandonar o direito, a filologia românica.

2

A filologia românica foi uma invenção de eruditos alemães do século XIX. Ao apresentar o seu último livro, ao final do arco que se iniciou com a tese de 1921, Erich Auerbach assim a retratou, em uma formulação decisiva para o seu próprio modo de pensar:

> A romanística alemã esteve desde sempre em uma situação particular. Ela originou-se, com Uhland e Diez, do historismo romântico, ou seja, do movimento que, partindo de Herder, passando pelos Schlegel e chegando a Jakob Grimm, instaurou como ideia diretriz da filologia, que tudo abarca, a reflexão acerca do desenvolvimento histórico e de um espírito do povo a cada vez individual, imerso nesse desenvolvimento. Pela via do historismo romântico criou-se uma ideia daquilo que é comum aos homens, fundada na pluralidade da individualidade dos povos e por isso dialética; ela era mais profunda e mais efetiva do que a ideia de humanidade do Iluminismo, pois este não procedia de modo histórico e dialético. Em parte alguma, ao menos na Europa, essa concepção histórica pode atuar de modo tão natural como na romanística alemã. Pois seu

> objeto não é o espírito do próprio povo [...]. Seu objeto são vários povos, distintos entre si, mas com uma romanidade em comum. Eles são ainda mais distintos do povo alemão, mas estão a ele ligados pelo substrato comum da civilização antiga e cristã. Por essa razão, a consciência histórica e perspectivista da europeidade esteve viva na romanística alemã desde seus inícios [...].[4]

Embora essa passagem tenha sido escrita mais de três décadas depois da tese de 1921, ela exprime a noção de filologia românica na qual Auerbach foi formado e que ele procurou levar adiante. O conjunto das línguas e literaturas oriundas de Roma e do latim formam o seu universo, mas esse legado foi tão profundo que penetrou para muito além dessas línguas e literaturas, dando margem a uma noção de "Europa" – partilhada por Auerbach, e de sentido bem mais amplo que o meramente geográfico – na qual se enlaçam uma multiplicidade de línguas, povos

4 E. Auerbach, *Literatursprache und Publikum in der lateinischen Spätantike und im Mittelalter*. Berna: Francke, 1958, p. 9. Ao que se pode acrescentar o seguinte passo: "Somente em oposição a essa mentalidade hostil à história é que surgiu a ideia moderna da história como um todo imanente de sentido. Ela originou-se em vários lugares, mas principalmente na Inglaterra e na Alemanha; na Alemanha ela vivenciou o seu apogeu. Sugerida desde os anos 1760 por Johann Georg Hamann, organizada metodicamente primeiro por Herder, ela atingiu sua expressão filosófica perfeita nas obras de Hegel e os fundamentos de sua prática nos intelectuais românticos. A disciplina que represento, a filologia românica, é um ramo menor da árvore do historismo romântico [...]." E. Auerbach, "Vico und Herder" [1932], in *Gesammelte Aufsätze zur romanischen Philologie*. Berna / Munique: Francke, 1967, p. 223. Assim como *Mimesis. Dargestellte Wirklichkeit in der abendländische Literatur*. Berna: Francke, 1946, p. 412; "Philologie der Weltliteratur" [1952], *Gesammelte Aufsätze zur romanischen Philologie*. Berna / Munique: Francke, 1967; "Epilegomena zu Mimesis". *Romanische Forschungen*, v. 65, n. 1-2, 1953, p. 17; *Introdução aos estudos literários*, trad. José Paulo Paes. São Paulo: Cultrix, 1970, pp. 230-32; "Romantik und Realismus". *Neue Jahrbücher für Wissenschaft und Jugendbildung*, v. 9, 1933, pp. 146-47.

e expressões culturais.[5] Por outro lado, essa concepção permaneceu restrita ao mundo alemão, pois nos países românicos desenvolveram-se as respectivas filologias nacionais (assim como, na Alemanha, a germanística).[6]

Ao invés de avançar na definição do devir histórico da filologia românica, podemos também aferir o seu sentido acompanhando quais eram as qualificações necessárias para que alguém se estabelecesse na disciplina que Auerbach, ao se doutorar, estava adentrando. Elas diziam respeito tanto às línguas como às literaturas. Um romanista (eles eram homens, com raríssimas exceções) precisava dominar o francês, o italiano e o espanhol, assim como suas respectivas literaturas; além disso, possuir conhecimentos de provençal, português, romeno e catalão, e, sobretudo para os que se dedicavam preponderantemente ao estudo das línguas, reto-romano, sardo e dalmácio, assim como dialetos. Com os progressos da especialização, a divisão entre os que se dedicavam às literaturas ou às línguas se acentuou, de modo que, à época em que Auerbach se doutorou, as cátedras de filologia românica na Alemanha estavam mais ou menos equitativamente divididas entre estudiosos de línguas e de literaturas. Entretanto, a opção

5 Sobre isso ver: E. Auerbach, "Philologie der Weltliteratur" [1952], in *Gesammelte Aufsätze zur romanischen Philologie*, op. cit., pp.301-01 [ed. bras.: *Ensaios de literatura ocidental*, trad. Samuel Titan Jr. e José Marcos Mariani de Macedo. São Paulo: Editora 34, 2007] e L. Waizbort, "Erich Auerbach e a condição humana", in J. Almeida e W. Bader (orgs.), *Pensamento alemão no século* XX. São Paulo: Cosac Naify, 2012, v. 2, pp.125-53.

6 Cf. Willi Hirdt (org.), *Romanistik. Eine Bonner Erfindung*. Bonn: Bouvier, 1993. "A filologia românica, compreendida como uma 'unidade' de concepção, é praticamente desconhecida fora do âmbito linguístico alemão." Richard Baum, "Die Wende in der Philologie: Die Geburt der Sprachwissenschaft aus dem Geiste der Romantik - Jacob Grimm und Friedrich Diez", in F. Fürbeth, P. Krügel, E.E. Metzner e O. Müller (orgs.), *Zur Geschichte und Problematik der Nationalphilologien in Europa. 150 Jahre Erste Germanistenversammlung in Frankfurt am Main (1846-1996)*. Tübingen: M. Niemeyer, 1999, pp.221-40.

dizia respeito ao campo de pesquisa, não propriamente aos requisitos de pertença à disciplina, que eram gerais.[7]

Podemos ter uma ideia bastante concreta dessas exigências em duas cartas de Leo Spitzer, pouco mais velho que Auerbach, mas seu colega e amigo, a Hugo Friedrich, que, oriundo da filologia inglesa, queria se transferir para a filologia românica e pedira o apoio de Spitzer. A questão nos interessa, ademais, porque uma mudança de disciplina é o mesmo desafio com que Auerbach se viu confrontado ao abandonar o direito. Spitzer escreveu a Friedrich:

> Para "ser um romanista" não entendo que seja preciso um domínio absoluto em todos os terrenos das línguas e literaturas românicas – afinal, quem poderia pretender isso? Não, apenas o conhecimento de tudo aquilo que era o patrimônio indispensável de um romanista de velha estirpe: não pode ocorrer que, no artigo de um romanista, a citação de uma frase em francês seja interpretada erroneamente etc. Não creio que nossa ciência seja mais esotérica do que qualquer outra – mas não se pode prescindir do conhecimento das línguas e literaturas dos povos românicos. Longe de mim exigir do senhor trabalhos linguísticos originais – basta-me constatar que o Senhor se dedicou às questões fundamentais da linguística geral e com o desenvolvimento minucioso das principais línguas românicas, além de saber responder as questões sobre as três grandes literaturas da França, Itália e Espanha. Naturalmente, é preciso

7 Baseio-me em Frank-Rutger Hausmann, "Vom Strudel der Ereignisse verschlungen". *Deutsche Romanistik im "Dritten Reich"*. Frankfurt am Main: V. Klostermann, 2000, p. 9.

> dominar fluentemente o francês, e o italiano e o espanhol com 'habilidade', como o senhor corretamente disse. A ênfase principal deve ser dada ao domínio literário.[8]

Eram essas as habilidades que Auerbach começava a cumprir com sua tese, na qual se revela o domínio da literatura em estudo, algo que é potencializado pelo enfoque comparativo adotado na tese.

O comparativismo está na alma da filologia românica, pelas razões já apontadas: tratando de uma unidade que é multiplicidade, o enfoque comparativo é um de seus instrumentos fundamentais. Contudo, em função da especialização avançada já à época de Auerbach, ele nem sempre marcava presença, ainda mais no estudo de um filólogo iniciante. Esse é um aspecto que aponta para uma peculiaridade do trabalho de Auerbach, e que perdurará ao longo dos anos. Auerbach mobiliza a novela francesa para entender melhor a novela italiana, e vice-versa. Além disso, insere esse movimento comparatista em um processo histórico, que ele busca compreender: tanto referindo o processo literário ao devir histórico, como revelando a transformação histórica através do texto literário.

3

O devir histórico é o fio condutor da problematização presente na tese. Na "Introdução", Auerbach delineia, em largos traços, um programa crítico-analítico que com-

8 Carta de Leo Spitzer a Hugo Friedrich de 20/06/1931, in Frank-Rutger Hausmann, "Aus dem Reich der seelischen Hungersnot". *Briefe und Dokumente zur romanistischen Fachgeschichte im Dritten Reich*. Würzburg: Königshausen & Neumann, 1993, pp.146-47, cit. p.146; também carta de 16/06/1931, pp.145-46.

preende a obra de arte literária imersa em sua condição histórica e social. Assim a formulação indicativa, embora algo genérica, com que abre o estudo:

> De cada obra de arte podemos dizer que é determinada essencialmente por três fatores: a época de sua origem, o lugar, a singularidade de seu criador. No caso da novela essa relação se estabelece de modo particularmente intenso, pois, enquanto na tragédia ou na grande épica é um povo inteiro que fala, ocupado com Deus e o destino [...], na novela o sujeito é sempre a sociedade, e o objeto é, por essa razão, a forma da mundanidade que denominamos cultura. [...] Sua condição prévia é, portanto, um círculo de pessoas que se fecha diante daquilo que lhe é exterior, assume uma determinada posição sobre a vida terrena e se interessa por conhecê-la e observá-la criticamente. Assim a novela está sempre inserida no tempo e no espaço; é um pedaço da história [...].[9]

É de se notar que há, por detrás da aparência simplificada da equação dos três fatores, uma reflexão que procura contrabalançar objetividade e subjetividade, exterioridade e dimensão interna na obra. Não se trata de atribuir todo o peso da obra à subjetividade criadora de um gênio ou personalidade, nem por outro lado de defini-la em um paralelogramo cujas forças seriam meio e momento. Compreender a obra significa ser capaz de captar essa

9 E. Auerbach, *Zur Technik der Frührenaissancenovelle in Italien und Frankreich* [1921], 2.ª ed. rev. Heidelberg: C. Winter, 1971, p. 1; cf. E. Auerbach, *Introdução aos estudos literários*, op. cit., p. 31. Nesta edição, p. 17.

tensão de forças que se configura entre uma subjetividade e a objetividade do mundo na qual ela existe e que em alguma medida também a modela. E a isso se acrescenta a especificidade da forma que se busca compreender, a novela. O estudo procura investigar as origens dessa forma - um problema que põe em questão um outro, presente subterraneamente e nunca nomeado, a saber, a relação de novela e romance -, que é caracterizada logo de início em diferenciação às formas da tragédia e da epopeia. De fato, a própria definição da novela já é realizada através de um procedimento de historicização, pois ela é vista como uma forma literária histórica que tem como "pressuposto" uma situação histórica específica. Daí o passo seguinte, que circunscreve o problema, isto é, procura nomear que situação é essa:

> [...] a forma interna e externa da novela é uma criação nova e, para dizê-lo já, trata-se de uma criação original do Renascimento. Tornar-se cônscio da própria pessoa, ver-se numa existência terrena que deseja ser apreendida e dominada: essa é a aspiração decisiva do Renascimento. Dela originou-se a "sociedade culta" e, simultaneamente, a novela.[10]

Os elementos destacados são os fundamentais: a emergência do indivíduo autoconsciente - que Burckhardt havia exposto como dimensão central da cultura do Re-

10 E. Auerbach, *Zur Technik der Frührenaissance nouvelle in Halien und Frankreich*, op.cit., p.2; nesta edição, pp. 18-19. "Sociedade cultivada" é ideia que provém de Jacob Burckhardt, embora este não utilize exatamente a expressão, e sim similares. Veja-se sobretudo, mas não só, a 5.ª parte de Burckhardt, op. cit.

nascimento italiano[11] – e seu ambiente, o mundo terreno e concreto em que vive. A vida dos indivíduos imersos no mundo assume, então, uma formação social particular, a "sociedade cultivada", em meio a qual a novela vai se desenvolver. Assim, a novela, é compreendida como um fenômeno intrinsecamente histórico, originada de uma situação histórica e social muito particular, situação essa que se condensa em sua forma. A novela como forma dá notícia de uma forma social específica; Auerbach toma como pressuposto a análise do mesmo Burckhardt que, em *A cultura do Renascimento na Itália*, define a modalidade específica da sociabilidade em pequenos grupos, exatamente aquilo que encontrará expressão plena na novela de Boccaccio ("É a partir do conceito de forma social que melhor se compreende a moldura do *Decameron*").[12]

Consequência desse desenvolvimento argumentativo é a mobilização da categoria de "realismo". Pode-se dizer que a "Introdução" da tese articula a tríade sociedade, forma e realismo: este seria um traço característico da novela, historicamente determinado e que, ademais, aloca a novela nos antecedentes do romance. Vale a pena retomar o passo em que Auerbach sintetiza esse problema:

> A forma da novela resulta de sua natureza: ela precisa ser realista, na medida em que assume os fundamentos da realidade empírica como algo já dado; não o é, na medida em que pode conter a realidade apenas como imagem for-

11 Id. ibid., em particular a 3.ª parte: "O desenvolvimento do indivíduo".
12 E. Auerbach, *Zur Technik der Frührenaissancenovelle in Italien und Frankreich*, op. cit., p. 8. Nesta edição, p. 26.

> mada e não como material bruto. Assim, ela tem de pressupor um *éthos*, e um tal que não possua base metafísica, mas se assente nas leis do convívio social.[13]

A novela é e não é realista? A questão diz respeito, na verdade, a melhor qualificar o realismo, sua natureza. A novela, como forma histórica que é, possui um realismo próprio. Como se viu, é no mundo empírico, no qual vivem os homens e mulheres de carne e osso, que ela se enraíza enquanto forma. Mas, a questão não para aí. O real, tal como aparece na novela, diz-nos Auerbach, é uma "imagem formada", e não somente concretude empírica, embora não deixe de estar enraizado nessa mesma concretude empírica. Estamos falando, portanto, de uma realidade interior à obra, da passagem do real externo ao real interno. Eis o realismo da novela.

Vale ressaltar como Auerbach não aceita uma fundamentação metafísica para o que denomina o *éthos* da novela, o qual lastreia o seu realismo. A condição histórica, conformando-o, fundamenta por dentro a novela como forma. Essa ideia do *éthos* é um estrategema para tentar formular o problema da transfiguração artística do real, do sentimento da realidade, da realização de uma realidade intrínseca à obra. Assim, no mesmo momento que afirma, no passo citado mais acima, que a forma social é a chave para a compreensão do emolduramento do *Decameron*, Auerbach mobiliza a ideia do *éthos* da obra, que

13 Id., ibid., p. 1. Nesta edição, pp. 17-18.

se refere à forma de sociabilidade nobre e distinta. Estamos aqui no núcleo de sua compreensão de realismo; que assim é, comprova-o uma passagem na outra extremidade da tese, quase ao seu final, onde lemos:

> Se o escritor é também um ordenador da realidade empírica, essa sua atividade de "*abstracteur de quintessence*" não pode ir tão longe a ponto de a história se despojar de toda empiria; caso contrário, ele perde o contato com o nexo interno, com o ritmo dos acontecimentos; por isso o *Livro das facécias*, malgrado todo o prazer proporcionado pelas palavras bem escolhidas, deixa, como um todo, uma impressão algo pobre.[14]

Um tal despojamento corresponde, nos termos anteriores, à perda do *éthos*; no caso de Poggio, o autor discutido na passagem, temos uma perda de teor realista, e um enfraquecimento do poder expressivo da obra – o que corresponde ao curso geral do argumento de Auerbach na tese. Em contraposição ao que é visto em Poggio está Boccaccio, que oferece o metro para a novela realista, e que Auerbach voltará a explorar, com mais detalhe, em um capítulo de *Mimesis*.

A "sociedade cultivada" possibilitou a definição da novela como forma, a transformação de narrativas curtas, que já existiam desde antes, na forma novela.[15] Uma vez consolidada na obra de Boccaccio, o problema passa a ser com-

14 Id., ibid., p.51. Nesta edição, pp.82-83. Auerbach, ao utilizar a expressão "abstracteur de quintessence", faz alusão a François Rabelais: "La Vie inestimable du grand Gargantua, père de Pantagruel, jadis composée par L'abstracteur de quintessence". Assim na folha de rosto do livro de Rabelais (edição de 1535).

15 "Narrativas curtas sempre houve, mas uma sociedade com normas vinculantes não existira até o início do século XIV." E. Auerbach, *Zur Technik der Frührenaissancenovelle in Italien und Frankreich*, op. cit., p.2. Nesta edição, p.18.

preender as suas transformações, que serão atribuídas por Auerbach a diferentes situações históricas.[16] O processo de desenvolvimento da novela é compreendido como um processo de transformação social, correlacionado às transformações da sociedade e das formas de sociabilidade renascentistas (no que diz respeito ao desenvolvimento da novela na Itália, após o *Decameron*); por outro lado, dependerá de especificidades do processo de constituição da nação, como no caso francês.

A tese desenvolve um duplo andamento: por um lado as transformações da forma novela na Itália, por outro o seu desenvolvimento na França, sendo que ambos se inter-relacionam, pois importantes realizações da novela francesa são influenciadas pela novela italiana. Ao final do processo examinado, no século XV, a forma novela perde o ímpeto de seu apogeu na Itália, pois que seu lastro social se transforma,[17] sendo que, no que diz respeito à França, seus desenvolvimentos desembocarão em Philippe de Commynes e François Rabelais, já para além da novela.

A tese compõe-se de três capítulos, que grosso modo poderiam ser assim rotulados: o primeiro é filológico-sociológico, o segundo eminentemente sociológico e o terceiro eminentemente filológico. O primeiro é filológico-sociológico porque toma uma categoria da análise literária, o emolduramento da narrativa, e a fundamenta

16 Em texto bem posterior, Auerbach esclareceu essa preocupação sua: "O que há de comum nestes, assim como em meus outros trabalhos, é o esforço em chegar a uma topologia histórica, na qual o intento não é tanto esclarecer em geral a peculiaridade dos fenômenos, mas sim as condições de seu originar-se e a direção de seus efeitos". E. Auerbach, *Vier Untersuchungen zur Geschichte der französischen Bildung*. Berna: Francke, 1951, p. 7.

17 Cf. E. Auerbach, *Zur Technik der Frührenaissancenovelle in Italien und Frankreich*, op. cit., p. 66. Nesta edição, p. 102.

em uma situação histórico-social; o emolduramento, na novela, desenvolve-se de modo completamente diferente, ao longo do tempo e do espaço, por conta de fatores histórico-sociais. Assim, na novela italiana, e sobretudo no *Decameron*, o enquadramento deriva do processo social, nomeadamente a formação de uma forma de sociabilidade específica em um grupo caracterizado pela distinção, pelo nascimento nobre e que procura diversão elegante.[18] O que dá lastro a essa forma artística é "a força da forma social",[19] decorrente de uma situação histórica na qual os possíveis elementos de amálgama coletivo, tais como a família, a religião, o Estado etc., encontravam-se enfraquecidos. Já na França o processo transcorreu de modo bastante diverso. Se a Itália caracterizou-se por uma passagem brusca da Idade Média para o Renascimento, e isso significou (pois Auerbach segue a interpretação do Renascimento italiano por Burckhardt) a criação da sociabilidade como uma espécie de jogo, na França a transição nada teve de abrupto, transcorrendo gradualmente e deixando resquícios medievais; esse processo gradual faz-se sob o signo da nação, e é disso que deriva o emolduramento da novela francesa, que se prende ao ambiente doméstico, ao interior. Desenvolvendo a distinção de emolduramento de sociabilidade e emolduramento doméstico e fazendo-os caracterizar a novela italiana e francesa, respectivamente (com a exceção das *Cent nouvelles nouvelles*, italianizadas), Auerbach ancora sua análise nos fundamentos sociais, em desenvolvi-

18 Esse aspecto é tomado de J. Burckhardt.

19 E. Auerbach, *Zur Technik der Frührenaissancenovelle in Italien und Frankreich*, op. cit., p.7. Nesta edição, p.25.

mentos históricos e sociais específicos, que repercutem e modelam a forma literária.

O segundo capítulo é eminentemente sociológico porque discute a posição da mulher e os equilíbrios e desequilíbrios de poder nas relações entre os sexos.[20] Tal discussão é de fato a apresentação, no material literário, de um processo histórico-social, pautado na sua transformação no tempo (ao longo do período que vai de Boccaccio ao século XV) e no espaço (Itália e França). Destarte, a mulher, que em Boccaccio é quem fala e domina, deixa de sê-lo na novelística italiana posterior, assim como na francesa. A posição da mulher surge como elemento revelador e estruturante da forma da novela, e as transformações e nuances dessa posição indicam o processo de transformação histórica da forma literária.

O passo subsequente, nas conclusões do segundo capítulo, é relacionar as duas vertentes: o emolduramento social corresponde ao "triunfo das mulheres", ao passo que o enfraquecimento daquele emolduramento narrativo corresponde ao enfraquecimento do predomínio feminino, processo que culmina na novela francesa, caracterizada pelo emolduramento no ambiente doméstico e pelo papel subordinado da mulher (e no âmbito do qual aparece a misoginia).

O terceiro e último capítulo trata da composição das novelas, evidenciando comparativamente as transformações temáticas e narrativas em algumas das principais

20 Ao atribuir importância ao problema da "posição da mulher", mais uma vez Auerbach segue a trilha aberta por Burckhardt. Veja-se J. Burckhardt, op. cit., em especial os capítulos sobre a "posição da mulher" (parte 5, cap. 5) e sobre a moralidade nas novelas (no capítulo sobre "A moralidade" – parte 6, cap. 1).

obras do período. O procedimento comparatista é estruturante na análise e característico em Auerbach. Cada passo da investigação e do argumento é lastreado na comparação: define-se uma determinada característica de uma determinada obra; a seguir, contrapõe-se-lhe outra, mostrando em que aspectos se diferenciam. O comparativismo contrastivo atua dos dois lados: destacando a característica de que se partiu e evidenciando a diferença do outro texto. Esse movimento de análise - por ele denominado "abordagem crítico-formal"[21] - é desenvolvido incessantemente, resultando em uma trama analítica (e narrativa) densa, pois os diversos passos analíticos vão se acumulando e se sobrepondo, de sorte que, ao final, emerge uma construção interpretativa - um resultado que, ocasionalmente, chega até mesmo a uma tipologia.[22] Os exemplos são inúmeros e reconstituí-los significaria, pelo que foi dito, reconstituir todo o livro e toda a argumentação. Lembro, apenas ilustrativamente, como Boccaccio é comparado ao *Novellino*, aos franceses, aos epígonos italianos, aproximado de Cavalcanti e Dante. Nesse amplo e variado movimento, delineia-se todo um quadro

21 E. Auerbach, *Zur Technik der Frührenaissancenovelle in Italien und Frankreich*, op. cit., p.65. Nesta edição, p.101.

22 "O ponto de partida escolhido para se chegar a uma tipologia da 'novela dos inícios da Renascença' - em contraposição a Boccaccio estão os epígonos italianos e as *Quinze joyes de mariage* - já era aqui essencialmente sociológico." Fritz Schalk, "Vorwort", in E. Auerbach, *Zur Technik der Frührenaissancenovelle in Italien und Frankreich*, op. cit., p.VI. Nesta edição, p.7. O procedimento de Auerbach é recorrentemente cumulativo (cf. E. Auerbach, "Figurative Text Illustrating Certain Passages of Dante's *Commedia*" [1946], in *Gesammelte Aufsätze zur romanischen Philologie*, op. cit., p.101) - ele vai acumulando uma série de casos, ocorrências e variações, em um movimento comparatista minucioso e estruturado, do qual nascem a estrutura da obra e a construção da análise. Veja-se L. Waizbort, "Erich Auerbach e a condição humana" in J. Almeida e W. Bader (orgs.), op. cit., pp.125-53.

de nexos e irradiações, aproximações e afastamentos, similitudes e diferenciações. Este é o trabalho de análise, tal como o compreende Auerbach, e isso perpassa e caracteriza o conjunto de seus escritos, desde essa sua tese inicial até seu último livro, e funciona ademais como um elemento articulador da trama narrativa dos textos.[23]

O objetivo de *A novela no início do Renascimento* é alcançado nessa espécie de simbiose de filologia e sociologia: mostrar como a novela sofre uma transformação que é essencialmente social e histórica. No âmbito do emolduramento narrativo: do grupo de sociabilidade (Itália, Boccaccio) para o ambiente doméstico (França). No âmbito das figuras-suporte: da mulher como dominante (Boccaccio) para o homem como dominador (epígonos italianos, França).

Segundo o autor, trata-se, como destaquei, de uma "consideração histórico-formal", cuja tarefa é analisar o desenvolvimento de uma forma literária ao longo do tempo e do espaço. Tal procedimento demarca a "peculiaridade" das diversas formas, históricas, da novela no período e região em pauta no estudo; em outros termos, o nexo entre forma literária - a novela - e a sociedade na qual ela é composta.[24] A comparação Itália-França revela a procura dos nexos de processo social e forma literária. Um bom exemplo é a passagem a seguir:

23 Do modo mais cabal em *Mimesis*, em que se pode notar como esse procedimento por assim dizer micrológico se converte em estrutura totalizadora. Mas, como disse, é característico de toda a obra e assume feições várias. De qualquer maneira, trata-se de "contrapor, com a finalidade de perceber com mais precisão o que é similar e o que é diferente". E. Auerbach, *Literatursprache und Publikum*, op. cit., p.169; cf. U. Schulz-Buschhaus, "Auerbachs Methode", in Richard Baum, Klaus Böckle, Franz Josef Hausmann, Franz Lebsanft (orgs.), *Lingua et Traditio. Geschichte der Sprachwissenschaft und der neueren Philologien*. Tübingen: G. Narr, 1994, pp. 601-02, 604.

24 E. Auerbach, *Zur Technik der Frührenaissancenovelle in Italien und Frankreich*, op. cit., pp.65-66. Nesta edição, pp.101-03.

> Nesse ínterim desenvolveu-se na França, nas últimas décadas do *Trecento*, uma forma moderna de emolduramento que era substancialmente distinta da italiana. Aqui não há uma transição repentina da Idade Média; as ordens feudais e a mentalidade medieval prosseguem até o século XV. Contudo, aquilo que na Itália surgiu de um só golpe, por meio de muitos motivos convergentes, ocorreu na França a partir de uma única força motriz, crescendo progressivamente. Na Itália, foi a transformação política (o declínio dos gibelinos), econômica (Pisa, Amalfi, Gênova, Veneza), poética (Dante), religiosa (Francisco de Assis), artística (Pisa e Florença). Na França, foi essencialmente uma única força que renovou os homens: a consciência nacional, cujos portadores foram os burgueses. Ela sozinha proporcionou, sob os primeiros Valois, o mesmo resultado obtido na Itália, ainda que de modo muito mais hesitante e de maneira distinta: a formação do indivíduo, a moderna consciência de si. Podemos acompanhar esse processo passo a passo.[25]

Nessa passagem, Auerbach formula um problema que o irá perseguir, a partir de então, por pelo menos uma década, e será abordado inicialmente em seus livros sobre Dante (1929) e sobre o público francês do século XVII (1933), até aportar, nos anos 1940, em *Mimesis*.

Sumarizando, pode-se dizer que argumento de Auerbach é que o nascimento da forma moderna da novela,

25 Id., ibid., pp.10-11. Nesta edição, pp.29-30. Essa mesma diferença, refratada ainda no processo de maturação das línguas vulgares, encontrará amplo desenvolvimento na obra posterior de Auerbach, sobretudo em *Mimesis*.

pelas mãos de Boccaccio, dependeu de uma situação social específica. Mas isso não é formulado nesse termo de generalidade, que seria quase uma platitude (embora, no contexto, não fosse). Essa situação social é uma forma de sociabilidade, que depende da estrutura social, e com isso estabelece-se um nexo de forma literária e estrutura social. Mas essa estrutura não é estática, e sim processo, com o que passamos a falar de processo social e forma literária.[26] Por outras palavras, há um nexo enfático de forma literária e estrutura e processo sociais. No caso em pauta, uma forma de sociabilidade – o agrupamento dos jovens distintos e a arte da conversação que os une –, que dependeu de uma certa estrutura social, que por sua vez está imersa em um processo social, no qual se transforma. E exatamente essa forma de sociabilidade forja a moldura. As transformações da forma novela na Itália após Boccaccio tem a ver com a transformação dessa estrutura social, que deixa de existir, e portanto de oferecer ancoragem à forma. Quando passamos para o caso francês, o argumento torna-se ainda mais claro: uma outra estrutura social, um outro processo, correlaciona-se com uma outra moldura. Não seria possível um emolduramento como o do *Decameron* na novela francesa, pois falta-lhe lastro social e histórico. Entretanto, justamente o seu processo social correlaciona-se com uma outra moldura, que vai privilegiar o interior.[27]

26 O mesmo desenvolvimento que, alguns anos depois, seria formulado por Georg Lukács e, no Brasil, por Roberto Schwarz.

27 Alguns anos após esta discussão de Auerbach, dois trabalhos sociológicos procuraram desenvolver uma compreensão do caso francês: Bernhard Groethuysen, *Die Entstehung der bürgerlichen Welt und Lebensanschauung in Frankreich*. Halle: M. Niemeyer, 1927-30, e Norbert Elias, *Über den Prozess der Zivilisation*. Basel: Zum Falken, 1939 [ed. bras.: *O processo civilizador*, 2 v., trad. Ruy Jungmann. Rio de Janeiro: Jorge Zahar, 1990-93].

Não é o caso de expor em maior detalhe as análises e andamentos de Auerbach - trata-se apenas de pontuar o problema. No caso, como a análise faz-se, tal como Fritz Schalk destacou no prefácio que escreveu para a reedição da tese, "nas zonas limítrofes da literatura e da sociologia, empenhando-se por ampliar cada uma a partir do influxo da outra".[28] Essa fórmula de Schalk é em tudo sugestiva, pois busca definir o lugar no qual Auerbach procura se posicionar, e esse movimento implica uma visada na situação dos estudos literários e da sociologia no período do entreguerras na Alemanha. Dito de outro modo, para compreender o escopo e os limites da empreitada de Auerbach seria preciso remontar à situação do contexto intelectual alemão no período, às pretensões da sociologia como uma ciência nova e às tradições de uma filologia já instituída. Em meio a isso Auerbach toma posição, procurando forjar um lugar para seu trabalho e pensamento, que fustiga a sociologia e a filologia.

4

A ponderação justa da tese de Auerbach exige situá-la em um ambiente marcado, sobretudo, por dois desenvolvimentos. O primeiro deles, o mais evidente, mesmo para o leitor brasileiro, é o pós-guerra. Em 1921, a Alemanha acabara de ser derrotada pela França e seus aliados e encontrava-se em uma situação política, social e econômica difícil. O conflito franco-alemão, embora terminada

28 Fritz Schalk, "Vorwort", op. cit., p.IX. Nesta edição, p.13.

a guerra, não cessou, e se reproduzia em mil refrações, inclusive no interior da filologia românica. Mais ainda, uma disciplina que se dedicava ao estudo da língua e literatura (e cultura: voltarei ao ponto) do país vizinho (para não dizer: inimigo, pois a guerra acabara) estava em meio a um campo minado: ou bem valorizando e mostrando o brilho do outro, ou bem utilizando o outro para realçar o seu próprio brilho. Digamos, esquematicamente, que encontramos nesse ponto um divisor de águas da filologia românica alemã do entreguerras. O segundo desenvolvimento diz respeito a conflitos e tensões internos da romanística, em parte oriundos do que precede, em parte resultantes da própria dinâmica do campo, sobretudo das disputas geracionais, intelectuais e institucionais.

No encontro nacional de filólogos das línguas modernas que ocorreu em Halle em outubro de 1920, alguns dos conflitos centrais da romanística afloraram com nitidez, a julgar pelo relato de um contemporâneo de Auerbach, um colega cuja carreira transcorreu em paralelo com a sua, Victor Klemperer (que alcançaria fama póstuma, nos anos 1990, com a publicação de seus diários). Klemperer acompanhou o encontro e publicou um balanço no calor da hora,[29] no qual destacava a contraposição entre uma "velha" e uma "nova" geração de romanistas: a geração formada por Vossler, isto é, o próprio Klemperer, que fora seu aluno (assim como Auerbach, que, como vimos, buscara o seu "apadrinhamento"), que procura ganhar espaço e repudia

29 Cf. Victor Klemperer, "Die Entwicklung der Neuphilologie", in *Internationale Monatszeitschrift für Wissenschaft, Kunst und Technik*, v. 15, 1921, col. 289-302.

os enfoques "positivista" e "cientificista" da filologia, representados nos trabalhos dos antigos mestres fundadores e seus discípulos, e reclama para si a legitimidade das sínteses históricas. Essa nova geração – cujo pioneiro fora Voßler, com sua concepção idealista de língua e sua defesa da "história do espírito" (*Geistesgeschichte*) –, que entra em cena no imediato pós-guerra, não teme o contato com a filosofia, com as grandes sínteses, nem o trato da literatura do seu tempo presente – e nisso se diferencia das gerações anteriores, que se concentraram no trabalho detalhista, "positivo" (e linguístico, mas isso Klemperer não diz com todas as letras), e para as quais a literatura contemporânea era tabu. Em parte, a tomada de posição de Klemperer, em nome das gerações futuras (de estudantes), é uma defesa interessada de sua própria concepção, e ele mesmo se reconhece, no texto, como aluno de Vossler, atribuindo a este a ruptura intelectual, cognitiva e geracional com relação ao que deve ser a romanística: ela deve ser uma *Geisteswissenschaft* ("ciência do espírito"), sem pretender seguir o modelo das "ciências naturais", tal como as gerações positivistas anteriores almejaram, e, assim, aproxima-se e comunica-se com as humanidades em geral, assim como com a filosofia.[30] Formulando de modo um tanto esquemático, pode-se dizer que as principais linhas de tensões na filologia românica, naquele momento, polarizavam em torno de língua vs. literatura, positivismo vs. idealismo, literatura contemporânea vs. do passado, cientificismo *vs.* hermenêutica. Em não

30 Cf. V. Klemperer, "Die Entwicklung der Neuphilologie", op. cit., col. 295-96; cf. também Ernst Gamillscheg, "Karl Vossler", *Österreiche Akademie der Wissenschaften, Almanach für das Jahr 1949*, 99. Jg., 1950, pp. 269-70.

pequena medida, isso foi resultante do impacto de Dilthey e sua vindicação das "ciências do espírito", assim como dos desdobramentos dessa discussão ao longo dos anos e no âmbito das diferentes disciplinas acadêmicas.[31]

O relato de Klemperer também indica uma espécie de certidão de maioridade da disciplina: no mesmo encontro, um dos palestrantes, Stengel, rememorou o que era a disciplina na segunda metade do século XIX, demarcando o contraste entre aquela disciplina ainda jovem e o presente de 1920, uma romanística estabelecida e segura de si, que pode inclusive se dar ao luxo de debates internos acirrados, como o testemunhado no próprio encontro. As lutas internas ganham mais força justamente quando as lutas externas foram ao menos em parte solucionadas: a filologia românica já é uma disciplina estabelecida, com cátedras distribuídas por todas as universidades alemãs, periódicos próprios, séries de publicações, grandes dicionários históricos, fontes e monumentos publicados e em processo de publicação, e tudo o mais que atesta uma identidade institucional firmada.

Voltemos à guerra e suas consequências. A deflagração do conflito, em agosto de 1914, significou não só a mobilização dos soldados – aqueles milhares de jovens voluntários, como Auerbach, sem temor de verter sangue pelo imperador e pela pátria –, mas também da ciência alemã.[32] Esta deveria apoiar e subsidiar, com seus meios próprios, a vitória.

31 Dilthey publicara em 1883 sua *Einleitung in die Geisteswissesnchaften* [Introdução às ciências do espírito] e, em 1905, *Das Erlebnis und die Dichtung* [Vivência e poesia]. Para o impacto da discussão no entreguerras, ver Christoph König e Eberhardt Lämmert (orgs.), *Literaturwissenschaft und Geistesgeschichte 1910 bis 1925*. Frankfurt am Main: M. Fischer, 1993.

32 Ver Kurt Flasch, *Die geistige Mobilmachung. Die deutschen Intellektuellen und der Erste Weltkrieg*. Berlim: A. Fest, 2000.

A romanística, como campo de estudos da língua e literatura francesas, estava convocada a prestar sua contribuição: conhecer o inimigo é fundamental para que ele possa ser derrotado. Nesse contexto, vários romanistas passam a desenvolver um enfoque que, para além da língua e da literatura, busca compreender a "essência" do "povo" e/ou do "espírito" francês. A partir da língua e literatura francesas seria possível apreender alguns traços característicos do "povo" e do "espírito" francês, e nesse movimento a romanística tende a se converter em uma *Volkskunde*, *Kulturkunde*, *Wesenskunde* – termos de difícil versão, mas que visam o estudo dos traços particulares e da essência do povo e da cultura, no caso, francesa. Esse conhecimento do "espírito" e/ou "essência" serviria para uma melhor compreensão do outro – no caso, do inimigo – e para um maior e mais nítido realce das peculiaridades – naturalmente superiores – de si mesmos (alemães), fortalecendo, ademais, a diferenciação de alemão e francês como tipos e/ou naturezas distintas.[33] Embora esse movimento tenha caracterizado fortemente o período da guerra, não se limitou a ele. Nos anos anteriores ele já era estimulado, na disputa imperialista entre as nações, e nos anos subsequentes ele viria a servir como uma espécie de compensação e justificativa em meio a uma situação de crise cada vez mais acentuada. Durante todo esse período, a romanística alemã diferenciou-se internamente de modo considerável na maneira de conceber a relação com o outro, cedendo mais ou menos, conforme

33 O que se reproduz na conhecida contraposição de "Kultur" e "civilisation".

o momento e variando de caso a caso, a enfoques essencialistas e tipificadores, instrumentalizados em favor da "Alemanha".[34] Em sua tese, Auerbach não deixa de mofar dos "teóricos da raça" que pretendem derivar características da novelística de Boccaccio do "sangue" francês de sua mãe.[35]

Não obstante, esse movimento significou uma abertura do material exclusivamente linguístico e / ou literário para análises e enfoques mais amplamentes culturais; não se tratava de conhecer a língua por ela mesma (o enfoque "positivo", que se questionava), mas sim a língua como expressão do "povo" ou da "essência" da nação; o mesmo valia com relação à literatura. Essa transformação – que poderíamos denominar como uma "virada cultural" – exigiu uma abertura da filologia para disciplinas vizinhas, tal como a jurisprudência, a teologia, a história, a psicologia, a filosofia, a economia, a sociologia, pois todas elas tinham algo a dizer, e complementavam-se, acerca daquele problema.[36]

Essa transformação assumiu gradações muito variadas, de um extremo mais tipificador, que buscava cristalizar

34 Ver Gerhard Bott, *Zur Problematik der Landeskunde. Die deutsche Romanistik 1900-1938 als Fallstudie*. 2.ª ed., Rheinfelden / Berlim:, Schäuble, 1992; Stefan Gross, *Ernst Robert Curtius und die deutsche Romanistik der zwanziger Jahre. Zum Problem nationaler Images in der Literaturwissenschaft*. Bonn: Bouvier, 1980; Hans U. Gumbrecht, *Vom Leben und Sterben der grossen Romanistes*. Munique / Viena: Hanser, 2002.

35 E. Auerbach, *Zur Technik der Frührenaissancenovelle in Italien und Frankreich*, op. cit., p. 50. Nesta edição, p. 81.

36 O que denomino "virada cultural" pode ser visto com muita evidência no pensamento de Aby Warburg, em sua instisfação com a "história de arte", sua vindicação de uma "ciência da arte" e sua confluência em uma "ciência da cultura", para além dos limites disciplinares usuais. De geração posterior, Auerbach configurará, em sua noção de "filologia", algo similar ao que Warburg visava com sua almejada "ciência da cultura". Os pontos de encontro entre Warburg e Auerbach são, no aspecto biográfico, Eduard Norden (próximo à KBW e professor dileto de Auerbach), assim como seu contato com o pessoal da Biblioteca Warburg após a morte de seu fundador; no aspecto cognitivo, o nexo entre a "Nachleben" de Warburg e a "topologia histórica" de Auerbach.

um conjunto de características demarcadoras daquele "povo" ou nação, essencializando-as, até enfoques que "simplesmente" (entre aspas porque nada têm de simples) procuravam articular as contribuições dos vários campos disciplinares com vistas a uma análise e uma interpretação mais aguda do seu objeto, seja a língua, seja a literatura; de uma problematização que levava em considerações elementos que, à primeira vista, apareciam como de natureza extraliterária. É exatamente o que encontramos em Auerbach, quando, por exemplo, mobiliza as formas de sociabilidade para explicar a novela como forma, ou quando examina as relações de poder entre os sexos para assinalar as transformações dessa forma.

Nessa situação, Auerbach manteve, como talvez somente Vossler e Spitzer, uma posição muito diferenciada, renunciando a todo e qualquer chauvinismo e instrumentalização da ciência. Ao invés de tipificar o que é o "francês", seu "espírito" ou sua "essência", Auerbach procurou antes desestabilizar essas essencializações, mostrando como a história é devir, transformação. Sua postura fica mais clara se avançarmos pelos anos 1920, observando suas publicações e atividades à medida que as polarizações tornavam-se cada vez mais agudas – mas isso extrapolaria este posfácio. Ao invés de acompanhá-lo ao longo do tempo, voltemos a uma observação anterior, a um elemento que seria importante para o modo como Auerbach desenvolveu sua argumentação na tese de 1921: a relação de filologia e sociologia.

Das três resenhas que me são conhecidas da tese de 1921, é a de Curt Sigmar Gutkind a que discute mais detalhadamente o trabalho de Auerbach.[37] O primeiro ponto por ele levantado assinala, com razão, uma peculiaridade do trabalho de Auerbach: ao invés de seguir o caminho usual no tratamento do problema – a investigação das fontes temáticas das novelas e o trabalho comparativo dos assuntos –, Auerbach preocupa-se, como vimos, com a forma da novela. Esse é seu grande trunfo, mas ele tem um custo, assinalado por Gutkind: é o enfoque sociológico. Vejamos como Gutkind formula sua objeção, pois ela permite destacar exatamente aquilo que Auerbach pretendia, ou seja: o que Gutkind vê como problema é justamente o que Auerbach vê como sendo o encaminhamento adequado.

> Pois mediante o enfoque essencialmente sociológico do autor, que já na "Introdução" fala unilateralmente da novela, de modo aforístico, como um acontecimento social, sem se manifestar uma vez sequer em termos epistemológicos acerca da novela como um "fenômeno de essência", se impinge ao todo um esquematismo conceitual, uma pré-valoração precipitada e violentadora, que solapa [...] necessariamente toda e qualquer imparcialidade em face do objeto.[38]

Gutkind ressente-se da ausência de um enfoque que defina de antemão a "essência" da novela; Auerbach pro-

37 Eva Seifert (resenha na *Zeitschrift für romanische Philologie*, ano 42, 1922, pp.255-56) e Josef Wihan (resenha em *Euphorion*, v.28, 1927, pp.146-47) são mais informes do aparecimento do livro do que discussão, à diferença da resenha de Curt Sigmar Gutkind em *Literaturblatt für germanische und romanische Philologie*, ano 47, 1926, n.7-8, col. 242-47.

38 C. S. Gutkind, op. cit.

cura demonstrar, em sua tese, como a novela se transforma ao longo de espaço e tempo, de sorte que uma definição de sua "essência" seria antes um impedimento a compreendê-la adequadamente em sua dimensão intrinsecamente histórica. Formulando de outro modo, podemos dizer que Gutkind gostaria que Auerbach partisse de uma definição abstrata de novela, enquanto Auerbach rejeita o conceito imobilizado em favor de um devir histórico e social.[39]

Ao longo da resenha, Gutkind reitera a crítica ao sociologismo como um procedimento equivocado, pois desconsidera o centro do interesse e da análise propriamente filológicas. Deparamo-nos, assim, com um conflito de princípio: Gutkind não rejeita, antes o contrário, a contribuição que as diversas ciências possam oferecer à filologia, mas somente na qualidade de auxiliares, desde que submetidas aos "fins mais elevados" da filologia (que ele deixa de nomear, decerto por os pressupor compartilhados pela comunidade acadêmica). Na leitura de Gutkind uma nova geração de filólogos estaria deixando de lado esses fins e diluindo as tarefas da filologia em sociologia, psicologia, morfologia e biologia, contribuindo para a perda de parâmetros e dissolução da filologia.

A crítica pode ser, em parte, alocada nas mencionadas tensões entre uma perspectiva tributária da "história do espírito" e uma perspectiva, entranhada na história da disciplina, mais "positiva". No caso de Auerbach, em par-

39 Embora Auerbach fosse extremamente econômico na formulação de proposições de método e conceito, em alguns momentos ele viu-se necessitado de o fazer, por exemplo, no capítulo 2 de *Mimesis*. op. cit. pp.44-45. Cf. L. Waizbort, "Erich Auerbach e a condição humana", op. cit.

ticular, como vimos, há uma valorização da análise de Burckhardt das formas de sociabilidade características do Renascimento italiano, mas não só. Há de fato um movimento em direção a uma compreensão histórica do fenômeno que, naquele contexto, era vindicada e potencializada sobretudo pela sociologia. Era a sociologia, mais que qualquer outra disciplina, que pugnava pela historização radical das formas culturais, criticando sua absolutização em "essências" e "espíritos".

Ademais, em meio à "crise do historismo" e à busca da "superação" de seus "problemas",[40] foi a sociologia aquele campo de problematização que procurou, com maior ímpeto, oferecer uma alternativa, ao longo dos anos 1920.[41] Evidentemente, o problema perpassava todas as disciplinas humanísticas, e por toda parte se buscavam caminhos possíveis – inclusive negando a existência da "crise" e dos "problemas". Como uma disciplina em emergência, e extremamente viva, a sociologia, nos anos 1920, surgiu como uma possível solução ou uma grande ameaça – dependendo do ponto de vista – para as humanidades. Ela procurava resolver a tensão entre a análise do objeto e seu enraizamento, condicionamento e / ou determinação histórica e social, mobilizando amiúde inclusive o conceito de "cultura". Em virtude dessa emergência da sociologia nos anos 1920 e de suas pretensões colonizadoras, assim como da consistência de muitas das alternativas

40 Os termos são da época, em obras decisivas da percepção e análise da questão: Ernst Troeltsch, *Der Historismus und seine Probleme* [O historismo e seus problemas]. Tübingen: J. C. B. Mohr (Paul Siebeck), 1922; "Die Krisis des Historismus", in *Die Neue Rundschau*, ano 33, 1922, pp. 572-90.

41 Veja-se, para um apanhado rápido, mas lúcido e disponível em português, o artigo de S. Kracauer, "A crise da ciência" [1923], in *O ornamento da massa*, trad. Carlos Eduardo Jordão Machado. São Paulo: Cosac Naify, 2009, pp. 231-42; ed. alemã: *Das Ornament der Masse*. Frankfurt am Main: Suhrkamp, 1977, pp. 197-208.

por ela desenvolvidas naquele momento, e ainda em se considerando a permeabilidade das fronteiras disciplinares, a "sociologia" apareceu como um móvel central de disputa no coração das *Geisteswissenschaften* ao longo dos anos 1920, que culminou na assim chamada "disputa acerca da sociologia do conhecimento", que, ao final da década, na pena de um romanista da geração de Auerbach, Ernst Robert Curtius, contrapôs radicalmente filologia românica e humanidades, de um lado, e sociologia, de outro.[42]

O impacto da sociologia no conjunto das ciências humanas na Alemanha (incluídas aí a história e a filosofia) foi significativo desde os anos anteriores à Grande Guerra, e as várias disciplinas das humanidades, de modos distintos, viram-se confrontadas com essa nova (e não raro pretensiosa) "ciência".[43] E foi assim, com sua pretensão universalizante, formulada de maneira mais ou menos explícita e definida, conforme o caso, que a sociologia se erigiu em desafio (ou incômodo) para as *Geisteswissenschaften*. Já em 1910 Ernst Troeltsch chamara a atenção para a "frutificação sociológica do pensamento científico", cujo "movimento perpassa toda a ciência".[44] As diversas filologias foram atin-

42 Veja-se Ernst Robert Curtius, *Deutscher Geist im Gefahr*. Stuttgart / Berlim: Deutsche Verlags-Anstalt, 1932; do mesmo, "Soziologie - und ihre Grenzen" [1929], in Volker Meja e Nico Stehr (orgs.), *Der Streit um die Wissenssoziologie*. Frankfurt am Main: Suhrkamp, 1982, v. 2, pp. 417-26. Assim como Dirk Hoeges, *Kontroverse im Abgrund: Ernst Robert Curtius und Karl Mannheim. Intellektuelle und 'freischwebende Intelligenz' in der Weimarer Republik*. Frankfurt am Main: S. Fischer, 1994.

43 Esse processo atravessa e impregna os anos 1920; seu canto de cisne é a assim chamada polêmica acerca da sociologia do conhecimento. Ver V. Meja e N. Stehr (orgs.), op. cit.. Com a ascensão do regime nacional-socialista, a sociologia, assim como tudo o mais, foi "normalizada" e "adequada" à nova situação.

44 Cf. E. Troeltsch, "Die Kulturbedeutung des Calvinismus", in Max Weber, *Die protestantische Ethik II. Kritiken und Antikritiken*. 5ª ed. Gütersloh: G. Mohn, 1987, p. 188.

gidas por esse movimento, e podemos observar como enfoques mais ou menos sociológicos começam a aparecer já desde os anos 1910.[45] A isso se somou o impacto da concepção de *Geistesgeschichte*, que rompia os limites "positivos" das disciplinas acadêmicas.[46]

Desde sempre Auerbach demonstrara – desde sua tese de doutorado em direito, de 1913 – interesse por uma perspectiva eminentemente histórica de análise e compreensão dos fenômenos. Sua frequentação do seminário de Troeltsch, no período em que trabalhava na tese de 1921, certamente reforçou e guarneceu essa tendência. Data desse momento o envolvimento com a *Ciência nova* de Gianbatista Vico,[47] que se tornou um de seus autores de predileção e que Auerbach trabalhou naquele mesmo seminário, na virada dos anos 1920.[48] Vico fornecia o que lhe faltava para compor a sua concepção de filologia, um caminho com o qual solucionaria, para si, o problema de literatura e

45 Veja-se o balanço em Werner Mahrholz, *Literargeschichte und Literarwissenschaft*, 2.ª ed. ampl. Leipzig: Kröner, 1932. Nessa direção, cabe lembrar as posições polarizadas que poderiam ser entendidas, em medidas variáveis, como tributárias de alguma "sociologia": tanto as histórias literárias de um povo em sua raiz "antropológica" (um modo de escrever a história literária nacional, que proliferou na Alemanha a partir dos estudos de Joseph Nadler e seus seguidores) como, por outro lado, enfoques mais propriamente sociológicos como os de Levin L. Schücking (*Die Soziologie der literarischen Geschmacksbildung*. Munique: Rösl, 1923) e Walter Benjamin, "Was die Deutschen lasen, während ihre Klassiker schreiben" e seu complemento "Zweierlei Volkstümlichkeit", in W. Benjamin, *Gesammelte Schriften*. Frankfurt am Main: Suhrkamp, 1991, v. IV, pp. 641-73.

46 Veja-se C. König e E. Lämmert, op. cit.

47 Ver E. Troeltsch, op. cit., p. 105, nota.

48 O trabalho de tradução da *Ciência nova* iniciou-se, ao que parece, no seminário de Troeltsch (que morre em 1923); a tradução de uma versão condensada do livro foi publicada em 1925. Veja-se, de Auerbach, "Vorrede des Übersetzers", in Giambattista Vico, *Die Neue Wissenschaft über die gemeinschaftliche Natur der Völker*. Berlim / Leipzig: W. de Gruyter, s. d. [1925], pp. 9-39, assim como sua primeira publicação sobre Vico, "Giambattista Vico", in *Der Neue Merkur*, ano 6, 1922, pp. 249-52.

sociedade. Um caminho percorrido ao longo de toda a carreira que se iniciava com o doutoramento: do seminário de Troeltsch na Universidade de Berlim, após a Grande Guerra, até seu último escrito, o livro sobre o público literário, que se inicia com uma vindicação do historismo (Troeltsch!) e de Vico.[49] Durante toda a sua carreira como romanista, dos anos 1920 à década de 1950, Auerbach laborou na solução desse problema, que ele entendia estar, seguindo a lição de Troeltsch, na solução dos problemas do historismo.[50]

Na tese de 1921, Vico não é mencionado; o primeiro texto publicado de Auerbach sobre Vico apareceu no ano seguinte e atingirá o seu primeiro pico na publicação de uma edição condensada da *Ciência nova*, em 1925. Com Vico, Auerbach resolveria dois problemas: o do historismo e o da filologia, ou melhor, constituiria uma concepção própria de filologia, como uma espécie de disciplina-mãe das humanidades: "Assim a filologia é alargada a tal ponto, que abrange todas as humanidades históricas; torna-se quase idêntica aos termo alemão *Geistesgeschichte*", disse ele.[51] A tarefa que essa filologia coloca para si mesma é nada mais, mas nada menos, do que escrever história.[52] É o que Erich Auerbach pretendeu iniciar nessa pequena

49 Ver Auerbach, "Einleitung: Absicht und Methode", in *Literatursprache und Publikum in der lateinischen Spätantike und im Mittelalter*. Berna: Francke, 1958, pp. 9-24. Ao publicar sua tradução condensada de Vico, em 1925, Auerbach escreveu: "Devo especialmente um agradecimento em memória de Troeltsch, de quem partiu o vivo estímulo para que eu me ocupasse de Vico". Auerbach, "Vorrede des Übersetzers", in Giambattista Vico, *Die Neue Wissenschaft*. Berlim / Leipzig: W. de Gruyter, s.d. [1925], p. 39.

50 Mais sobre o assunto em L. Waizbort, "Erich Auerbach sociólogo". *Tempo Social*, v. 16, n. 1, 2004, pp. 61-91, esp. pp. 80 ss.

51 E. Auerbach, "Vico and the aesthetic historism" [1948], republicado em *Gesammelte Aufsätze zur romanischen Philologie*. Berna / Munique: Francke, 1967, p. 264.

52 E. Auerbach, *Literatursprache und Publikum in der lateinischen Spätantike und im Mittelalter*, op. cit., p. 20.

tese do ano 1921, cuja relação com o restante de sua obra é bastante forte e significativa.

Isso pode ser facilmente aquilatado. Embora apareça apenas ocasionalmente, Dante é uma figura central na tese, pois é condição para o surgimento da novela italiana,[53] o mesmo Dante que será discutido na tese habilitação de 1929 (*Dante como poeta do mundo terreno*) e, a seguir, em uma série de artigos, culminando no cap. 8 de *Mimesis* (intitulado "Farinata e Cavalcante"). Ademais, a tese de 1921 apresenta um núcleo que será retomado e desdobrado em dois outros capítulos de *Mimesis*, dedicados a Boccaccio e a Antoine de La Sale (caps. 9 e 10, "Frate Alberto" e "Madame du Chastel", respectivamente), assim como indica a passagem e continuidade do problema, tal como figurado em Rabelais, que também será tratado no livro de 1946 (cap. 11, "O mundo na boca de Pantagruel"). Desse modo, pode-se ler a tese de 1921 com os olhos nos dois (ou quatro) capítulos do livro posterior. Tomados em conjunto, esses quatro capítulos de *Mimesis* formam um centro aglutinador em meio ao livro (tudo mais uma vez concentrado em Dante), que pode ser lido como um desdobramento e ampliação da discussão elaborada na tese de 1921.[54]

A isso se soma, ademais, uma outra linha de força, que diz respeito ao processo de passagem da língua literária do latim para as línguas vulgares, que ocupa uma posição

53 Cf. E. Auerbach, *Zur Technik der Frührenaissancenovelle in Italien und Frankreich*, op. cit., pp. 3, 11, 44; nesta ed. pp. 17, 28, 70. Auerbach retomou e desenvolveu esse ponto no capítulo sobre Boccaccio em *Mimesis*.

54 No relato de William Calin, último assistente de Auerbach em Yale: "Na medida em que um testemunho pessoal pode contribuir para tal discussão, lembro de Auerbach me contando que, como Goethe, com 25 anos ele teve a ideia de todos os seus livros". E. Calin, "Erich Auerbach's *Mimesis* - 'Tis Fifty Years Since: A Reassessment (Critical Essay)". *Style*, Fall 1999 (www.findarticles.com). Em 1921, ao publicar a tese, Auerbach tinha 29 anos.

estratégica no argumento de *Mimesis* (e que marca uma diferença significativa ante o tratamento do tema na tese de 1921). Nesse sentido, o processo descrito na tese de 1921 se coaduna, em linhas gerais, com o descrito no livro de 1946: na Itália temos um florescimento imediato da plenitude expressiva em língua vulgar (Dante e, secundando--o, Boccaccio), seguido de posterior "declínio" expressivo (ou seja: o nível de elaboração e expressão não se mantém), enquanto em França temos um longo e lento processo de maturação, que não se consuma rapidamente nem atinge de imediato o clímax (como Dante e Boccaccio), mas também não declina, encontrando seu apogeu somente no século XVII (Racine & Cia., tema do cap. 14 de *Mimesis*),[55] com seu repique no século XIX (Flaubert, no cap. 17). Essa linha de argumentação centrada na questão da plenitude expressiva da língua é, ao mesmo tempo, uma conjugação daquela exigência disciplinar da conjugação de investigação literária e linguística, característica da filologia românica.

A tese comparatista de 1921 desdobrou-se, nos anos que lhe sucederam e até a ascensão do nacional-socialismo, em um conjunto de estudos mais específicos de Auerbach sobre as literaturas francesa e italiana, que entretanto possuem linhas de continuidade com problemas tratados na tese sobre a novela. O mais evidente, e já mencionado, é a tese de habilitação de 1929, sobre Dante, na qual Auerbach, inspirado por Schelling e Hegel, procura levar às últimas consequências uma página da *Estética* hegeliana acerca

55 Refiro-me sempre à primeira edição de *Mimesis*, de 1946, que não contém o capítulo, acrescentado posteriormente, sobre Cervantes.

da *Divina comédia*. O problema do "realismo", visto também sob a forma da capacidade expressiva da língua referida ao mundo concreto, ocupa o centro das preocupações, embora sem ser mencionado: ali ele aparece como substância histórica tornada literatura, como "conteúdo imanente da realidade e historismo".[56] O mesmo problema oferece o enquadramento para a discussão levada a cabo em *Mimesis*. Em paralelo aos estudos sobre Dante, Auerbach, ao longo dos anos 1920, também dedicou-se à literatura francesa, e em especial ao seu século XVII, pelas razões indicadas há pouco. Seu estudo sobre Racine, "Racine e as paixões", de 1927, foi complementado a seguir pelo pequeno livro de 1933 sobre o público francês no século XVII.[57] Nesses trabalhos encontramos, vista em outro contexto social e histórico, a questão da maturidade expressiva da língua literária e de seu nexo social, em um instrutivo paralelo com o tópico discutido na tese de 1921: se na Itália de Boccaccio o *bel parlare* e a sociabilidade nobre e distinta oferecem os fundamentos da forma novela, no século XVII francês encontramos em "la cour et la ville" – novamente uma forma social – o fundamento social da tragédia de Racine. Também esse desenvolvimento é retomado em *Mimesis*, agora para indicar como o sublime ali encarnado significou uma absolutização das paixões e um descolamento quase que absoluto do mundo concreto e cotidiano no qual vivem os

56 E. Auerbach, *Dante als Dichter der irdischen Welt*, 2ª ed. Berlim / Nova York: W. de Gruyter, 2001, p. 217.

57 Cf. respectivamente Erich Auerbach, "Racine und die Leidenschaften", in *Germanisch-romanische Monatsschrift*, v. 14, 1927, pp. 371-80 (republicado em *Gesammelte Aufsätze zur romanischen Philologie*, op. cit.) e *Das französische Publikum des 17. Jahrhunderts*. Munique: M. Hueber, 1933. Ambos os textos podem ser encontrados em português no volume *Ensaios de literatura ocidental*. São Paulo: Duas Cidades / Editora 34, 2007.

homens, e que encontra expressão também na disjunção de "la cour et la ville" e "le peuple".

Essas curtas observações pretendem sugerir ao leitor deste livro um complexo arco de desenvolvimentos e correspondências. Isso é possível somente ao olhar retrospectivo, que lê a tese de 1921 *Sobre a técnica da novela nos inícios do Renascimento* com o conhecimento das realizações posteriores de seu autor.[58] Um outro trabalho que deve ser mencionado é o manual de filologia românica que Auerbach escreveu, em paralelo a *Mimesis*, para seus estudantes turcos durante seu exílio em Istambul, *Introduction aux études de philologie romane*.[59] Esse livro formula de modo bastante didático e sintético, embora em meio a um quadro histórico bem mais amplo, muitos dos problemas discutidos nas teses de 1921 e 1929, assim como nos livros de 1933 e 1946.

Hoje, passado quase um século da publicação do livro, muita água correu no rio caudaloso da novela. Por um lado, a teoria da novela desenvolveu-se bastante, encontrando material exemplar de Cervantes a Tchekhov e enfrentando seus desdobramentos – para alguns renascimento – na literatura contemporânea.[60] Por outro, no que diz respeito ao período e aos autores investigados por

58 "Destaque como tratamento literário do conto é o livro de Auerbach *Zur Technik der Frührenaissancenovelle in Italien und Frankreich*, valioso precursor de seu *Mimesis* por trinta anos." Helmut Hatzfeld, A *Critical Bibliography of the New Stylistics Applied to the Romance Literatures 1900-1952* [1953]. Nova York: Johnson Reprint, 1966, p. 187.

59 E. Auerbach, *Introduction aux études de philologie romane*. Frankfurt am Main: V. Klostermann, 1949 (1ª ed. turca de 1944) [ed. bras.: *Introdução aos estudos literários*. São Paulo: Cultrix, 1970, a ser em breve republicada pela Cosac Naify].

60 Apenas a título de exemplo, as palavras de um autor contemporâneo de certo sucesso: "Acho que a novela é a forma perfeita da prosa de ficção [...] A novela é a forma moderna e pós-moderna por excelência". Ian McEwan, "Some Notes on the Novella". *The New Yorker*, 29/10/2012.

Auerbach, a acumulação de interpretações, guarnecidas pela disponibilização de novos materiais e por edições críticas dos textos, sobre um material "canônico" como Boccaccio e seus contemporâneos e sucessores na Itália e França, tornam a contribuição de Auerbach algo datada, e muito marcada por seu contexto de problematização – a romanística alemã dos anos 1920. Isso para não falar das diversas modas ou ondas novas "teóricas" que revolveram os estudos literários desde então. Não obstante, como procurei sugerir, o enfoque proposto por Auerbach, enraizando a forma literária em condições históricas e atuais, permanece de plena atualidade para todos os que entendem possuir a literatura uma dimensão histórica e social intrínseca.

Alain Chartier: diplomata e escritor francês (c. 1385-1430 / 46), autor de *Livre des quatre dames* (1416), *La Belle Dame sans mercy* (1424), dentre outros.

Ameto: obra de Boccaccio, intitulada *Comedia delle ninfe fiorentine* ou *Ninfale d'Ameto* (1341-42).

Antoine de La Sale: escritor francês (c. 1386-1462), autor de *Réconfort de Madame de Fresne*, Saintré; colaborou ainda nas *Cent nouvelles nouvelles*. As *Quinze joyes de mariage* também lhe foram atribuídas.

Ariosto, Ludovico: poeta italiano (1474-1533), autor do *Orlando furioso* (1516), poema em oitava rima, espécie de continuação do poema de Boiardo.

Boccaccio, Giovanni: escritor e poeta italiano (1313-75), autor de numerosas obras, dentre elas: *Il Filostrato* (1335), *Il Folocolo* (1336-39); *Comedia delle ninfe fiorentine* (ou *Ninfale d'Ameto*, 1341-42), *Ninfale fiesolano* (1344-46), *Il Decamerone* (1348-51).

Boiardo, Matteo Maria: poeta lírico italiano (1441-94), autor de *Orlando innamorato* (1483-95), poema cavaleiresco.

Bonaventure des Périers: contista francês (c. 1510-44), membro da corte de Marguerite de Navarre e autor, dentre outras obras, de *Nouvelles récréations* ou *Joyeux devis*.

Brunelleschi, Filippo: arquiteto e escultor italiano (1377-1446), um dos iniciadores do Renascimento em Florença.

Caterina Sforza: nobre italiana (1463-1509).

Cavalcanti, Guido: poeta florentino (1258-1300), considerado por Dante seu "mentor".

Cent nouvelles nouvelles: antologia de novelas de meados do século XV, a primeira escrita em língua francesa. Algumas das novelas foram atribuídas a Antoine de La Sale.

Cento novelle antiche: ver *Novellino*.

Christine de Pisan (Pizan): poetisa e filósofia francesa (1364-1430).

Cimabue: pintor florentino (1240-1302), considerado o primeiro a romper com o estilo bizantino e marco inaugural da pintura renascentista italiana.

Colonna, Vittoria: poetisa italiana, 1490-1547.

Comédia, *Divina comédia*: ver Dante Alighieri.

Commynes, Philippe de: escritor e diplomata flamengo de expressão francesa (1447-1511), autor das *Mémoires*, livro de relatos históricos.

Corbaccio, Il: obra da velhice de Boccaccio (c. 1355 / 65), de caráter misógino.

cor gentile: "Al cor gentil rempaira sempre amore" é um verso de Guido Guinizzelli (1235-76) que marca o florescer do *dolce stil novo*.

Dante Alighieri: poeta, escritor e político florentino (1265-1321), autor da *Divina comédia*.

Decameron: obra máxima de Boccaccio, escrita entre 1348-51 e revista em 1370-71.

Disciplina clericalis: obra do erudito aragonês Petrus Alphonsi (c. 1076-1140), nascido Moses Sephardi. O livro, escrito em latim no início do século XII, é uma coleção de contos moralizantes, de origem oriental.

Dolce stil novo: movimento na poesia italiana na segunda metade do século XIII, cujo tema principal é o amor; Guinizzelli, Dante e Cavalcanti são seus maiores representantes.

Dolopáthos: obra do trovador Herbert (século XIII), é um longo poema composto para a instrução de Luís VIII de França (1187-1226).

Don Juan Manuel: escritor espanhol (1282-1348), autor de importante prosa de ficção medieval e famoso pelo seu *Libro del conde Lucanor* (c. 1335), que apresenta uma série de *exempla*.

Étienne de Bourbon: inquisitor dominicano (1180-1261), é o autor de uma importante coleção de *exempla*, o *Tractatus de diversis materiis predicabilibus* (c. 1250).

Eustache Deschamps: poeta francês (c. 1340-1406), autor de várias obras, dentre elas o *Miroir du mariage*, um longo poema satírico e misógino.

Évangiles des Quenouilles, Les: conjunto de contos medievais redigidos por Fouquart de Cambray, Duval Antoine e Jean d'Arras, publicados em 1480.

exemplum, exempla: texto breve, ou anedota, com a finalidade de fixar um modelo de comportamento moral.

Ezzelino: Ezzelino III da Romano (1194-1259), *condottieri* medieval italiano, próximo a Frederico II.

fabliau, pl. *fabliaux*: narrativa, em geral curta e em octossílabos, característica da Idade Média francesa, cuja finalidade era o mais das vezes a diversão e a lição de moral.

Facetiae: ver Poggio.

Filostrato: obra em verso de Boccaccio, escrita entre 1337-39, que narra o amor de Troiolo por Criseida. Origina-se do *Roman de Troie* francês, do século XII.

Fioretti: os *Fioretti de São Francisco* foram escritos c. 150 anos após a morte de São Francisco e recolhem elementos de sua biografia, sendo a narrativa mais importante de sua vida e feitos.

Filocolo: obra em prosa de Boccaccio, escrita entre 1336-39 e considerada um dos primeiros romances escritos em língua italiana.

Francesco da Barberino: poeta italiano (1264-1348), autor de *I documenti d'amore* (c. 1309 / 13).

Francisco de Assis: nascido Giovanni di Pietro di Bernardone (1181 / 2-1226), fundador da ordem dos frades menores, santificado em 1128.

Frederico II: imperador do Sacro Império Romano, Frederico II Hohenstaufen ou Federico I di Sicilia (1194-1250).

Froissart, Jean: importante cronista medieval (c. 1337-1404), autor de vasta obra, na qual se destaca *Chroniques* (1408).

Giovanni da Firenzi: ver *Il Pecorone*.

Giovanni da Prato: ver *Paradiso degli Alberti*.

Giovanni Villani: cronista e político florentino (c. 1276-1348), escreveu uma importante crônica, pela qual é conhecido: *Nova cronica*, 1348.

Guillaume de Machaut (c. 1300-48): importante e prolífico escritor e compositor francês do século XIV.

Isabella d'Este: marquesa de Mantua (1474-1539), personalidade central do Renascimento italiano.

Jacques de Vitry: bispo e cardeal francês (c. 1160 / 70 – 1240), historiador e autor de obras religiosas, dentre as quais se destacam os sermões (em compilação e tradução): *The Exempla or Illustrative Stories From the Sermones Vulgares of Jacques de Vitry*.

Jacopo da Varagine: também Jacopo da Varazze (1228-98), arcebispo de Gênova, autor de uma *Chronicon Ianuense (Cronaca della città di Genova dalle origini al 1297)*, assim como da célebre *Legenda sanctorum* [Legenda aurea].

Jean Bruyant: autor da obra *Le Chemin de pauvreté et de richesse*, que está inclusa no *Ménagier de Paris*.

Jehan de Meung: também Jean de Meun (c. 1240-1305), autor de uma continuação do *Roman de la Rose* (c. 1268 / 85).

La Fontaine, Jean de: poeta francês (1621-95).

lai, *lais*: poema de forma fixa, o mais das vezes em octossílabos, originado no século XII e de relativa variedade ao longo do tempo.

Lamentationes de Matheolus: ou *Liber lamentationum Matheoluli*, obra de Mathieu de Boulogne (c. 1260-1320) de c. 1295.

La Tour Landry, Geoffroi: autor do *Livre pour l'enseignement de ses filles*, também conhecido como *Le Livre du Chevalier de La Tour Landry*, viveu de c. 1330 a 1402 / 6.

Leão X: nascido Giovanni di Lorenzo de' Medici, foi papa da Igreja Católica de 1513 a 1521.

Maquiavel: também Niccolò Machiavelli (1469-1527), historiador, humanista e político italiano.

Margarete (Marguerite) de Navarra: também Marguerite d'Angoulême, rainha de Navarra (1492-1549): uma das figuras centrais do Renascimento francês, é a autora do *Heptameron*, coleção de 72 novelas, dentre várias outras obras.

Martial d'Auvergne: poeta francês, também conhecido como Martial de Paris (c. 1420-1508), autor de *Les Arrêts d'amour.*

Masaccio, Tommaso: pintor italiano (1401-28).

Masuccio Salernitano: poeta italiano (1410-75), autor de *Il Novellino* (1476), coleção de cinquenta novelas. Não confundir com o *Novellino* anônimo do final do século XIII.

Ménagier de Paris, Le: manual de economia doméstica e culinária, de autor anônimo, parisiense, datada de 1392-94.

Michelangelo: pintor, escultor, poeta e arquiteto italiano (1475-1564).

Minne: termo alemão que denomina o amor cortês na Idade Média.

Ninfale fiesolano: poema em oitava rima de Boccaccio, escrito entre 1344-46.

Novellino: é uma coleção de cem novelas toscanas do final do Século XIII, de autor(es) anônimo(s). Quando publicada no Século XVI, recebeu o título de *Le Ciento novelle antiche*. Não confundir com *Il Novellino*, de Masuccio (ver), do século XV.

Paradiso degli Alberti: obra de Giovanno di Gherardo da Prato (c. 1360-1446), escritor e humanista italiano, imitação do *Filocolo* de Boccaccio.

Pecorone, Il: obra de Giovanni da Firenze (Giovanni Fiorentino), conjunto de novelas escritas entre 1378 e 1385.

Poggio: Giovanni Francesco Poggio Bracciolini, também Poggius Florentinus (1380-1459), humanista italiano, autor do *Liber facetiarum* ou *Facetiae* (1438-52).

Pulci, Luigi: poeta italiano (1432-84), autor de *Morgante*, epopeia cômica e cavaleiresca em oitava rima, de 1478-83.

Quinze joyes de mariage: texto anônimo francês do final do século XIV ou início do século XV, de caráter satírico. Por vezes atribuído a Antoine de La Sale.

Réconfort de Madame de Fresne: obra de Antoine de La Sale, escrita por volta de 1457.

Roman de Troilus: tradução francesa do *Filostrato*, provavelmente do final do século XIV, início do século XV.

Sabadino degli Arienti, Giovanni: escritor e político italiano (c. 1445-1510); suas *61 novelle porretane* foram escritas por volta de 1483 e revistas ca. 1492.

Sacchetti, Franco: escritor e poeta italiano (1332-1400), autor de *Il Trecentonovelle* (c. 1392).

Saintré: romance de cavalaria de Antoine de La Sale, escrito por volta de 1456: *Histoire et plaisante chronique du petit Jehan de Saintré et de la Dame des Belles-cousines.*

Salimbene de Adam: frade franciscano (1221-88), autor de uma *Cronica*, escrita na década de 1280, em latim.

Sercambi, Giovanni: escritor italiano (1348-1424), autor de *Il Novelliere*, coleção de 155 novelas.

Strindberg, Johan August: dramataurgo sueco (1849-1912), escreveu também novelas, ensaios e poesia.

Tasso, Torquato: poeta e dramaturgo italiano, 1544-95.

Vita di Dante: obra de Boccaccio, cuja data de composição é controversa.

ÍNDICE DE NOMES

A

ALIGHIERI, Dante 12n, 44
ARAGÃO, Hipólita de 34
ARIOSTO, Ludovido 34, 103

B

BALTE, Johannes 67n
BARBERINO, Francesco da 43
BAUM, Richard 111n
BÉDIER, Joseph 18n, 69, 69-70n
BENJAMIN, Walter 137n
BOCCACCIO, Giovanni 7n, 8, 10-11, 11n, 12, 12n, 13, 17n, 23-28, 31, 33-34, 36, 41, 41n, 42-44, 46-48, 50-52, 54, 58-60, 62, 72, 74-78, 80-81, 82n, 84, 87n, 88-89, 96-99, 102, 116, 118, 121-22, 122n, 123, 125, 131, 139, 139n, 140-41, 143
BOIARDO, Matteo Maria
BORSIERES, Guglielmo 72
BOTT, Gerhard 131n
BOURBON, Étienne de 21
BRACCIOLINI, Poggio 33n, 79n
BRANCA, Vittore 12, 12n
BRENTANO, Lujo 106
BRUNELLESCHI, Filippo 19
BRUYANT, Jean 33
BUONARROTI, Michelangelo 103
BURCKHARDT, Jacob 19n, 26n, 84n, 96n, 115, 115n, 116, 120, 120-21n, 135

C

CALIN, William 139n
CAPPELLANUS, Andreas 12
CAVALCANTI, Guido 19n, 43-44, 122
CERVANTES, Miguel de 140n, 142
CHARTIER, Alain 49
CHASTELLAIN, Georges 92, 92n
CHIARI, Alberto 12n
CIMABUE, Giovanni 19
COLONNA, Vittoria 61
COMMYNES, Philippe de 100, 119

CONDÉ, Jean de 86-87
CURTIUS, Ernst Robert 136, 136n

D

D'ANCONNA, Alessandro 67n
D'ANDELI, Henri 18n
D'AUVERGNE, Martial 49, 49n
D'ESTE, Isabella 61
D'HERICAULT, Charles 62n, 71n
DESCHAMPS, Eustache 49
DIEZ, Hugo 109, 111n
DILTHEY, Wilhelm 8n
Don Juan Manuel 21, 22n

E

ELIAS, Norbert 125n
ERNST, Paul 62n
EZZELINO III 68

F

FALKE, Conrad 63n, 125n
FILIPE, o Bom 36
FIORENTINO, Giovanni 47
FIRENZE, Giovanni da 27, 84n
FLASCH, Kurt 129n
FLAUBERT, Gustave 140
FRANCISCO DE ASSIS 19, 30, 124
FREDERICO II 19, 68, 73
FRIEDRICH, Hugo 112, 113n
FROISSART, Jean 49, 87, 87n, 88

G

GASPARY, Adolf 43n
GEBHART, Émile 24, 24n
GRIMM, Jakob 109, 111n
GRÖBER, Gustav 49n
GROETHUYSEN, Bernhard 125n
GUTKIND, Curt Sigmar 7, 133, 134

H

HAGEN, Friedrich Heinrich von der 53n
HAMANN, Johann Georg 110n
HATZFELD, Helmut 142n
HEGEL, Georg Wilhelm Friedrich 110n, 140
HERDER, Johann Gottfried 109, 110n
HIRDT, Willi 111n

HOLDER-EGGER, Oswaldus 67n

K

KLEMPERER, Victor 127, 127n, 128, 128n, 129
KÖHLER, Reinhold 67n
KÖNIG, Christoph 129n, 137n
KRACAUER, Siegfried 135n
KÜCHLER, Walter 37n, 55n, 56n, 86n, 91, 91n, 92, 92n, 94, 95n, 98, 99n

L

LA FONTAINE, Jean de 69
LA SALE, Antoine de 38, 38n, 49, 63, 92, 139
LA TOUR-LANDRY, Geoffroy de 22, 22n, 61, 88
LÄMMERT, Eberhard 129n, 137n
LANDAU, Marcus 23n
LANGLOIS, Ernst 61n
LEÃO X 103
LOMMATZSCH, Erhard 34n, 107
LUKÁCS, Georg 125n

M

MACHAUT, Guillaume de 49
MAHRHOLZ, Werner 137n
MANKIEWITZ, Marie 108
MAQUIAVEL, Nicolau 102
MASACCIO 19
MCEWAN, Ian 142n
MEFISTO 54
MÉON, Dominique Martin 22n, 91n
MEUNG, Jehan de 48, 50
MEYER, Paul 50n
MOLAND, Louis 62n, 71n
MONTAIGLON, Anatole de 18n, 22n, 30n, 53n, 70n, 91n

N

NADLER, Joseph 137n
NEUSCHÄFER, Hans-Jörg 7n, 12n
NÈVE, Joseph 38n
NORDEN, Eduard 107, 131n

P

PABST, Walter 7n, 12n
PANOFSKY, Erwin 105

PERUGIA, Andreuccio de 74
PETRARCA, Francesco 10
PICCOLOMINI, Enea Silvio 63, 63n
PINO, Guido di 12n, 13n
PIO II 63
PISAN, Christine de 49
PISTOIA, Cino da 44
PRATO, Giovanni da 34, 34n, 74n, 76n, 78, 83
PUCCINI, Giacomo 71n
PULCI, Luigi 34

R

RABELAIS, François 86, 100, 118n, 119, 139
RACINE, Jean 140-41, 141n
RAYNAUD, Gaston 18n, 53n, 70n, 87n
RICKERT, Heinrich 106
RUSSO, Luigi 11, 11n

S

Sabadino degli Arienti, Giovanni 34, 34n, 78, 83-84
SACCHETTI, Franco 27-28, 34, 37, 47-48, 54-56, 76-78, 80-82, 82n, 85n, 94-96, 102-03
SAINTE-BEUVE, Charles AUGUSTIN 13, 13n
SALADINO 68
SALERNITANO, Masuccio 33n
SALIMBENE 67-68, 71, 81
SANCTIS, Francesco de 28, 80, 80n
SCHALK, Fritz 122n, 126, 127n
SCHELLING, Friedrich Wilhelm Joseph von 140
SCHMID, Peter 7
SCHLEGEL, August Wilhelm 109
SCHLEGEL, Friedrich 17n, 109
SCHMEIDLER, Bernhard 68n
SCHUBERT, Werner 106n
SCHÜCKING, Levin L. 137n
SCHWARZ, Roberto 125n
SERCAMBI, Giovanni 28, 28n, 29, 29n, 44, 48, 48n, 88
SFORZA, Catarina 61
SFORZA, Francesco 34
SÖDERJHELM, Werner 50n, 55n, 91-92n, 94n

SPITZER, Leo 112, 113n, 132
STENGEL, Casey 129
STRINDBERG, August 51

T

TASSO, Torquato 103
TCHEKHOV, Antón 142
TROELTSCH, Ernst 107, 135n, 136, 136n, 137, 137n, 138, 138n

U

UHLAN, Johann 109

V

VARAGINE, Jacopo de 71
VICO, Gianbattista 137, 137n, 138, 138n
VILLANI, Giovanni 87
VITRY, Jakob von 21, 68
VOBLER, Karl 36, 36n, 37, 55n, 86n, 128

W

WAGNER, Max L. 107
WAIZBORT, Leopoldo 111n, 122n, 134n, 138n
WEBER, Max 136n
WECHBLER, Eduard 18n
WÖLFFLIN, Heinrich 106-07

Z

ZAMBRINI, Francesco Saverio 68, 68n, 71, 82n

ÍNDICE DE OBRAS

Ameto 23-24
Aresta amorum 49n
Arrêts d'amour, Les 49
Aucassin et Nicolete 31n

batalha de Rosebecque, A 87
Briefwechsel des Eneas, Der 63n

Canzoniere 11
Cent nouvelles nouvelles 36-37, 37n, 39-41, 46, 46n, 53, 55-58, 58n, 59, 59n, 60-62, 70n, 86-87, 87n, 90-93, 93n, 94-99, 102
Cento novelle antiche 21, 21n, 22, 68-69, 74, 81
Chemin de pauvreté et de richesse, Le 33
Chronique di Giovanni, Matteo e Filippo Vilani 87n
Ciência nova 9, 137, 137n, 138
Conteurs florentins du Moyen-Âge 24n
Corbaccio, Il 47
Cour et la ville, La 9

De la sorisete des Estopes 91
Decameron [*Il Decamerone*] 8, 10-11, 24, 26, 28n, 29, 41, 41n, 42-43, 43n, 46n, 47-48, 50, 50n, 52n, 55, 59-61, 69, 73, 81-82, 84-85, 89, 96-98, 98n, 116-17, 119-20, 125
Disciplina clericalis 21, 68
Divina comédia 26, 141
Dolopáthos 21, 88
Du Clerc qui fut repus derrière l'escrin 86, 91
Du Roi Flore et de la Belle Jehanne 62

Estética 140
Évangiles des Quenouilles, Les 38, 38n
Euryalus und Lucretia 63n

Fabliaux, Les 18n, 53, 69
Facécias (*Livro das facécias*) 78, 83, 118

Facéties de Pogge, Les 33n, 57n, 59n, 79n
Filocolo 13, 23
Fioretti [*I Fioretti*] 19n, 22, 22n

Gallo de Belfiore 84
Gesamtabenteuer 53n

Historia de duobus amantibus 63n

Jehan de Paris 99

Lamentationes de Matheolus 50
leggenda di Vergona, La 67n
Liber facetiarum 33n, 79n
libro de los enxiemplos del conde lucanor et de patronio, El 22n
Libro di novelle antiche 68n
Livre du chevalier de La Tour-Landry, Le 22n

Maestro Gianobi da Firenze 84n
Ménagier de Paris, Le 31, 31n, 33, 33n, 35, 39, 49, 59, 61n, 71, 88-89
Mes Poisons. Cahiers intimes inédits 13n
Miroir du mariage 49

Ninfale fiesolano 23
Novela de Talbot 95
Novelle inedite 28-29n, 48n
novellino de Masuccio Salernitano, Il 23n, 33n, 44, 71, 81, 122

Paradiso degli Alberti, Il 34n, 74, 74n, 83
Pecorone, Il 27, 80
Porrettane, Le 34n
Princesse de Clèves, La 63

Quinze joyes de mariage 8, 35, 41, 50-52, 52n, 54, 54-55n, 62, 90, 92, 99, 122n

Réconfort de Madame de Fresne, Le 38, 38n, 63, 99
Reiger, Der 53
Roman de Troilus 71
Rossus de Riciis 82
Saintré 49

Testamento do asno 70n

Über den Prozess der Zivilisation 125

Vita di Dante 47

Wahlverwandschaften 63
Weg zur Form, Der 62n

Coordenação editorial MILTON OHATA
Assistência editorial LIVIA LIMA
Revisão MARCELA VIEIRA, RAFAELA BIFF CERA, CARLOS A. INADA
Projeto gráfico NATHALIA CURY, PAULO ANDRÉ CHAGAS
Produção gráfica SIRLENE NASCIMENTO

SÉRIE ERICH AUERBACH
Coordenação LEOPOLDO WAIZBORT

1ª reimpressão, 2014

Nesta edição, respeitou-se o novo Acordo Ortográfico da Língua Portuguesa.

Dados Internacionais de Catalogação na Publicação (CIP)
(Câmara Brasileira do Livro, SP, Brasil)

Auerbach, Erich [1892-1957]
A novela no início do Renascimento – Itália e França: Erich Auerbach
Título original: *Zur Technik der Frührenaissance-novelle in Italien und Frankreich*
Revisão técnica e posfácio: Leopoldo Waizbort;
traduções do latim: João Angelo Oliva Neto;
traduções do francês: Ivone Benedetti;
traduções do italiano: Maurício Santana Dias;
tradução Tercio Redondo; prefácio: Fritz Schalk.
São Paulo: Cosac Naify, 2013
160 pp.

ISBN 978-85-405-0559-9

1. Literatura francesa - História e crítica 2. Literatura italiana - História e crítica I. Schalk, Fritz. II. Waizbort, Leopoldo. III. Título.

13-10606 CDD-809

Índices para catálogo sistemático:
1. Literatura: História e crítica 809

COSAC NAIFY
rua General Jardim, 770, 2º andar
01223-010 São Paulo SP
cosacnaify.com.br [11] 3218 1444
atendimento ao professor [11] 3823 6560
professor@cosacnaify.com.br

FSC
www.fsc.org
MISTO
Papel produzido a partir de fontes responsáveis
FSC® C008008

A marca FSC® é a garantia de que a madeira utilizada na fabricação do papel deste livro provém de florestas que foram gerenciadas de maneira ambientalmente correta, socialmente justa e economicamente viável, além de outras fontes de origem controlada.

GOETHE INSTITUT

A tradução deste livro teve o apoio do Goethe-Institut, que é financiado pelo Ministério das Relações Exteriores da Alemanha.

ISBN 978-85-405-0559-9

fonte GRETA, FLAMA
papel PÓLEN BOLD 90 g/m²
impressão Loyola